書下ろし

師弟

新・軍鶏(しゃも)侍

野口 卓

祥伝社文庫

目次

歳月

一

七年という歳月は長いのか、それとも短いのか。

長いと言えば長いし、短いと言えば短い。

この男にとってはどうであったろう。

あのときは三十代の半ばだったので、四十歳をいくつか出ているはずだ。当時はいくらか爽やかな雰囲気がなくもなかったが、今では清々しさは微塵も感じられない。鬱屈したものが層を成した澱のように、積み重なっているようだ。

やはり短くはなかっただろう。四十七歳だった岩倉源太夫も五十四歳になっていた。

七年まえと言えば、弟子の大村圭二郎が兄の嘉一郎とともに父親の仇討を果たした年であった。上役に斬殺された上、公金横領の罪を着せられた冤罪を見事に晴らしたのである。でありながら圭二郎は、父と仇の霊を弔うために出家して恵山となり、周囲を唖然とさせた。

三万六千石、その実五万石とも六万石ともささやかれる園瀬藩の、実勢を探りに来た御公儀隠密を闇に葬ったこともあった。天下にその名を知られた園瀬の盆踊りを、ぶち壊すために潜入した一味を撃退してからも、五年の歳月が流れていた。

長いと言えば長いし、短いと言えば短い。

古枝玉水と名乗る男が岩倉道場に姿を見せたとき、源太夫は「母屋でうけたまわろう」と言うと、あとを高弟に任せて道場を出た。まるで別人と見紛うほどの変貌を遂げていたが、源太夫が男を見誤ることはなかった。古枝の目的がわかっているだけに、弟子のいるところでの応対は避けたかったのである。古くからの門弟にも気付いた者は少ないだろう。いや、皆無かもしれなかった。

表座敷で向かいあって座を占めると、源太夫はおだやかな口調で訊いた。

「七年まえは川萩伝三郎どのと名乗っておられたが」

「そう名乗ったこともあったな」

他人事のような口調である。

「川萩ゆえ、古枝玉水と改められたのであろうか」

「ほほう」と、相手は目を細めた。「道場主らしからぬ風流な御仁であるな」

意外に思ったと言うよりは、どことなく揶揄の色が感じられた。となると皮肉で返したくなる。

「そちらこそ、武芸者とは思えぬ洒落心をお持ちのようだ。自信と余裕がさせた改名と見たが」

古枝は否定も肯定もしなければ、笑いもしなかった。

みつが二人に茶を出すと、一礼して姿を消した。

川萩がなぜ古枝玉水と名を改めたかに源太夫が思い至ったのは、日向道場時代の相弟子で、藩校「千秋館」の教授方を務める盤睛池田秀介に教えられたばかりだったからである。でなければ気付きもしなかったはずだ。

つい数日まえのことであった。

「目玉の小父さま、萩が咲きました」

娘の花が盤睛に、ちいさな花が無数に咲いた小枝を差し出した。源太夫が縁側に出て茶を飲みながら、妻のみつを交えて古い友と談笑していたときのことであった。八歳になった娘は、自分が花と名付けられたこともあってか、人一倍草花に興味を抱くようになっていた。

「ほう。もうそんな季節になったか」

盤晴が半分ほど目蓋の垂れた眠そうな目をさらに細めて、萩に見入りながら花に問い掛けた。

「お花どのは萩がお好きかな」

八歳の女児を「どの」付きで呼んだが、この教授方はだれに対しても対等に接する律義さがあった。

「大好き。だって可愛いんですもの」

「ああ、ちいさくて可憐だ。萩は昔から、この国ではもっとも愛しまれた花なのだよ。お花どののようにな。昔の歌詠みで山上憶良という人の、『秋の七草』では最初に置かれているくらいだ。お花どのにはちと難しいかもしれんが、花の名前を並べただけだから憶えられるかもしれんな」

言いながら盤晴は、その短歌を二度、ゆっくりと詠んだ。

　芽の花尾花葛花なでしこの花
　女郎花また藤袴朝貌の花

すると繰り返し聞いただけで、花がそっくり復唱したのである。

源太夫とみつは思わず顔を見あわせた。盤晴も目を一杯に見開いたが、驚くばかりに巨大な目玉、まさに盤(おおざら)のごとき睛(めだま)であった。

一呼吸置いて、盤晴は『万葉集』に詠まれた花や木の中で最も多いのが萩で、なんと百四十首あまりもあると教えた。唐土(もろこし)風教養を重んじた万葉歌人が好んだ梅でさえ、第二位の百十九首であった。男の立ち姿に譬(たと)えられる三位の松が八十首だから、萩がいかに好まれていたかがわかろうというものだ。

ちなみに秋の七草で第二位の尾花は、萩の四分の一にも満たない三十三首となっている。

「その『万葉集』には、いくつくらいの歌が集められているのですか、目玉の小父さま」

花はいつからか、盤晴を目玉の小父さまと呼ぶようになっていた。最初は叱(しか)ったのだが、叱ってもついそう呼んでしまうし、盤晴がいやがらずにむしろおもしろがっているので、いつの間にかそのままになってしまったのである。

「お花どのはなかなか鋭いな。『万葉集』にはいろんな身分の人が詠んださまざまな歌が、四千五百以上も集められているのだよ。そのうちの百四十首あまりということは」と盤晴がしばらく黙ったのは、計算をしていたらしい。「およそ百に三つは萩の歌ということになる。これはすごい数だな」

「一番多いのはなんの歌かしら」

　思わずと言う調子でみつが口を挟んだ。

「そりゃ相聞歌、恋の歌でしょうな。もっともどれくらいあるかまではちと」

「花がちいさいので、とぼけてらっしゃるのだよ」と、源太夫は娘に言った。

「花が年ごろになったら、きっと教えてくれるだろう」

「わ、うれしい」

「それよりお花どの、萩には異名とか別名と言って、ちがう名前がたくさん、なんと十五くらいもあるのをご存じか」

　いつの間にか盤睛は、源太夫とみつよりも花に向けて話していた。

「まあ、そんなに」

「多くの人に好まれておればこそだな」

「池田さま、少しお待ちいただけますでしょうか」

　断って席を外したみつは、ほどなく筆と料紙、硯と墨、そして水差しを持って現れた。

「申し訳ありませんが、十五となりますと憶え切れませんので、書いていただきたいの」

「そうしてくれるとありがたい。それに今の花には、少しばかり難しいだろう」

源太夫がそう言うと、花は水差しの水を硯の海に注いで、懸命に墨を摩り始めた。やがて爽やかな匂いが漂う。

「そのあたりでよろしい。お花どのはなかなか気が利くな」

盤晴に褒められて花は満面の笑みとなった。

筆に墨を含ませると、盤晴はしばし目を閉じていたが、やがて静かに筆をおろした。

花をチラリと見て読めないと思ったのだろう、読み仮名を振っていく。

初見草、庭見草、芳宜草、鹿妻草、芽子花、玉水（見）草、月見草、野守草、古枝草、濃染草、天竺花、秋遅草、鹿鳴草、諸見（味）草、随軍茶。

盤晴の書いた花の名はイロハ順になっていた。この男の頭の中には言葉だけでなくさまざまな知識が、ちゃんと整理して収められているようだ。

「読みを振っていない草は、そうと読む」

「そう」

「そうだ。萩は草冠に秋と書くが、この国で作られた字だ。漢名、つまり唐土では胡枝花、胡枝子、胡枝条、胡子花を当てている。これも書いておいたほうがいいようだな」

言いながら、盤睛は別名の横に漢名として追記した。

「鹿という字が二つも入ってる」

花がそう言うと、盤睛はおおきくうなずいた。

「萩には鹿や露を取りあわせた歌が多くてな。鹿妻草、鹿鳴草、玉水草などはそこから付けられたものだ。鹿妻草はしかつまぐさとも読む。おっといけない、肝腎の花妻を忘れるところであった。鹿が萩を好むところから、萩を鹿の妻に見立てて付けられた名だ」

「花妻ですか、きれいな名前ですね」

「本来の意味は花のように美しい妻、つまりおみつどののようなお人のことでな」

「さすがは学者先生だと感心してましたのに、お世辞をおっしゃると、途端に変な小父さんになってしまうではありませんか」

「ははは、一本取られましたな。しかしお世辞ではありませんぞ」

笑いながら盤睛は、別名を並べた上に花妻を書き加えた。

「せっかくですから、山上憶良の秋の七草の歌も、書いていただけないかしら」

「いいとも。お花どのへのご褒美に書いて進ぜよう」

すらすらと盤睛は筆を走らせた。それを見ながら源太夫が言った。

「さすがは学者先生だ。ということで収めておこう」

はい、と言いながら盤睛は書きあげて花に手渡した。

「ありがとうございます。花や、いいものをいただきましたね」

「目玉の小父さま、どうもありがとうございました」

ぴょこりと頭をさげた花に、盤睛はにこやかに笑い掛けた。

みつが花に言った。

「墨が乾いたら大切に仕舞っておきましょう。そして、ときどき出して、きれいな言葉を少しずつ憶えましょうね」

そんな一齣があったのである。

二

盤睛が筆を走らせるのを、そして書かれた文字を見たので、源太夫は萩の別名に古枝草や玉水草があることを憶えていた。そのため古枝玉水との名乗りを聞いて、川萩伝三郎が旧名の繋がりで改名したらしいとわかったのである。そんなところにかすかにではあるが、この男の名残が感じられた。

古枝が低いが重々しい声で言った。

「約束は守っていただけるであろうな」

「もちろん」

七年まえのあの日、源太夫は川萩の註文どおり秘剣「蹴殺し」で立ちあった。真剣であれば絶命していただろうが、竹刀だったこともあり、床に叩き付けられた川萩は、一回転して立つと正眼に構え直した。

それからは両者とも、まったく動かなかった。源太夫から仕掛けることはなかったが、川萩も微動もしない。瞬きさえしないのではないかと思うほどであった。

源太夫は動かず、川萩は動けなかったのである。

川萩の顔は次第に赧くなったが、やがて色が褪せるように白く変わり、ほどなく蒼くなった。そして顔面から汗が滴り落ち始めたのである。着物の腋の下、さらに背中がいつしか濡れて濃く変色していた。

「まいった！」

川萩が声を絞り出し、源太夫は静かにうなずいた。

それで終わったはずだが、相手は執拗に弟子入りを懇願したのである。だが受け容れることはできない。軍鶏道場の通称でも知られる岩倉道場は、藩士及びその子弟の教導を目的に、藩主九頭目隆頼より与えられたものであったからだ。

であれば源太夫の私的な弟子、それがだめなら下男として使ってほしいと川萩は迫った。下男ならいるしさらに雇う余裕はないと言うと、給銀は不要だと粘る。その後も粘りに粘ったが、源太夫が頑として受け付けなかったので、相手もさすがに断念するしかなかった。

手あわせの礼を述べた川萩は、去り際に言った。

「修行して出直してまいる。そのおりには、改めて」

「承知した」

約束は守っていただけるであろうなとは、その確認であった。だから源太夫は

「もちろん」と答えたのである。

ところが川萩は身を乗り出した。

「日時と場所を決めてもらいたい」

「今すぐでよい。道場でお相手いたす」

「竹刀でか」

「それで十分であろう」

「なにが十分なものか」

「七年まえのあの日も竹刀であった。改めて立ちあうと約束したが、本身でとは言っておらん」

「この七年というもの、みどもはおぬしを倒すことのみを思い描き、ひたすら励んでまいった」

「道場にても、十分に勝敗を決することはできる」

「みどもが勝って、いずこかの地でそれを言うたとて、おぬしが園瀬の里で生きておるかぎり、だれも信じぬであろう」

「そんなことはあるまい」

「有り得る。あの霜八川刻斎（しもやかわこくさい）をたった一撃で倒した岩倉源太夫の盛名は、武芸者のあいだで不動のものとなっておるのだ。みどもがいくら声高（こわだか）に叫んだとて、だれが信じるものか」

「であればその相手を叩きのめせばよかろう。さすれば信じぬ訳にはいくまい」

「それでは際限がない。認めぬ者をすべて倒すのはむだ、無意味というものだ」

「それがしを討ち果たせば、それこそ際限なく戦いを挑まれることになる。こんな片田舎(いなか)にもかかわらず、いまだにやって来る者がいるくらいだからな。すべての相手に真剣で立ち向かうつもりか」

「その必要はない。それがしにとって意味を持つのは、岩倉源太夫を倒したという事実、実績だけだ。勝敗を決すればよいゆえ、以後の相手に対しては木剣でも竹刀でも応じるつもりである」

「であれば、みどもとも真剣で戦うことはないのではないか」

「おぬしが特別なことは、先刻話したばかりだ」

「言っておることの矛盾(むじゅん)に、気付いておらぬようだな」

「おぬしから見ればそうかもしれんが、みどもにとって撞着(どうちゃく)ではない」

「なぜ、そこまで拘(こだわ)る」

「なぜだと？　武芸の者だからに決まっておろう」

「世の趨勢(すうせい)を見極められよ。定まるところに定まってしまった今の世では、剣の腕が立つぐらいでは容易(ようい)に仕官はできぬ」

「今さら宮仕えする気はない。雁字搦(がんじがら)めになってまで、禄(ろく)を食(は)む気になどなれるものか」

吐き捨てるように言ったが、それが川萩の本心か強がりかまではわからない。

「一体なにを求めておるのだ」

「剣を執る以上は、その頂に立たねば意味がなかろう」

「頂に昇り詰めれば」

「あとはだれにも譲らぬ」

「それができぬことくらい、わかっておるはずだ」

「ああ、それでも続けられるかぎり続ける」

「みどもは長年、軍鶏を飼ってきた。強い軍鶏も随分と育てたが、いかに強くとも、坂を上り詰めればあとは下るしかない」

「言われるまでもなく、そんなことはわかっておる」

「とすれば虚しかろう。みどもも頂を目指して励んだが、その理由は貴殿とはまるでちがっていた」

「いかなる理由だ」

「軍鶏の鶏合わせ（闘鶏）から学び、相手の力を利用して一撃で倒す秘剣蹴殺しを編み出した。貴殿に請われて用いたのがそれだ。いや用いたのも、と言うべきだな。つまり蹴殺しは一つの技ではなく、多くの技とその組みあわせによるものである。しかし技を薬籠中の物にできたと感じたとき、それだけでは十分でないと痛感した」

「その上、なにを望む」

「相手の力を封じこめてしまう剣だ」

「馬鹿を申せ。そんなことができる道理がなかろう」

「みどもはそれを目指した。相手を圧倒し、柄に手を掛けようという気さえ起こさせぬ剣をな」

「ふん、まやかしだ。戦うまえの目潰し、目晦ましのつもりなら、その手は喰わん」

「なぜそう思うに至ったかわかるか」

「わからんし、わかりたいとも思わん」

「無益な殺生を避けるためには、それしかないと考えたからだ」

「無益な殺生だと？　剣は、刀というものは人を殺すための武器であろうが」

「戦時には人を殺す武器としての剣が求められるが、平時に必要なのはそれを抑える、使わせぬ剣だ。相手に刀を抜かせぬ剣だ。抜いたところで無意味だと覚らせる剣だ。もっともこれはみどもでなく、ある人が言った言葉ではあるが、まさにそのとおりだと思っておる」

「それらしく言いおったが、まるで坊主の説教ではないか」

言われて源太夫は川萩伝三郎、いや古枝玉水の顔をまじまじと見た。やがて肩を、さらには体を震わせた。

古枝は不快を隠そうともせず睨み付けた。

「なにがおかしい」

「いや、これは失礼した。おぬしは実に鋭い勘をしておられる」

「なに、訳のわからぬことに感心しておるのだ」

「戦時と平時の剣について語ったのは、みどもの碁敵であり酒の友でもある寺の住持だ。和尚さん、今ごろはさぞや嚔をしておられることだろう」

思わずその姿が目に浮かんで、源太夫は笑みを浮かべそうになったが、なんとか堪えた。古枝はさらに不快な顔になった。

そう言えば正願寺の恵海和尚と、その弟子にしてもらった大村圭二郎、僧名恵山とも久しく逢っていない。二人と酒を酌み交わしながら、烏鷺を戦わせたいものだなと、源太夫は一瞬だが古枝と話していることを失念しそうになった。

気を引き締めて続ける。

「意味のない殺生はしたくない。最初の相手は藩のためという大義があったが、江戸の道場でともに学んだ親しい友だったのだ。二人目は上意ということもあり、私情を容れる余地はなかったが、実に品格のある高潔な武士であった。だが避けることができたのに行き掛かり上、止むを得ず斬ってしまった相手もかなりの数になる。ゆえに近頃では、でき得るかぎり避けるようにしておるのだ。話せばわかってくれた相手もいた。真剣勝負を挑んだ者を説得し、竹刀や木剣の試合に切り替えたことも多い。勝負のあとで酒を酌み交わし、以後も書簡の遣り取りをしておる者もいる」

「なにを申してもむだだ。聞く耳は持たぬ」

「なぜこういうことをくどくどと繰り返すかというと、園瀬というこの地を死に場所と定め、みどもに真剣で勝負を挑む者が、少なからずいたと今にして思い当たるからだ」

聞く耳は持たぬと言いながら、古枝は続きを待っているようであった。死に場所という言葉が、古枝の心のどこかに引っ掛かったような気もした。

これまでにも何度か、ちょっとしたきっかけで挑戦者を説得できたことがあった。源太夫の言葉に強く感じるところがあったのか、戦うことなく去った者もいた。

古枝のわずかな変化がどう転ぶかはわからないが、いくらかでも可能性が出て来たとなると、言葉にも熱が籠る。

「仕官を夢見て死に物狂いで励んだ者もいるであろう。しかしいくら強くなっても夢は叶わぬ。気が付けば、いつの間にか初老と呼ばれる四十をすぎている。かなりの、いや、ほとんどの相手がそうであった」

源太夫が訊いた訳でも当人が語った訳でもないが、その多くは妻を娶っていなかったようだ。仕官が叶えばとの思いがあって、これはと思う女がいても、浪々の身ゆえ踏ん切りが付けられなかったのではないだろうか。当然、子供のいようはずがない。

武芸に関して言えば、瞬発力や持続力を維持するにも限度がある。あとは衰えるばかりで、その先には荒寥たる原野しかない。かと言って矜持もあって、武士を捨てることなどできはしないのだろう。

たしかに衰え始めたかもしれぬが、まだ衰え切ったと言うほどではない。力の残されたうちになんとか道を切り拓きたいが、頼るのは剣の腕だけである。

「そこでおそらく、みどもの名を思い出したのではないかと思われるのだ」

あの霜八川刻斎を一撃で倒した岩倉源太夫。その男となら、敗れたとしても名に傷が付くことはない。もしも倒すことができれば、自分の名が岩倉に取って替わるのである。

とすればなにをためらうことがあろう。このまま済し崩しに消えて行くことを思えば、残された道はほかにないではないか。

「相手にすればそれがちゃんとした理由になるのだろうが、そのような安易な気持で挑まれる身にはたまらない。まさに無益な殺生でしかないのだ。それがわかっていながら受けられるものか、考えてもらいたい。受ければ相手を殺すしかないし、相手もそれを願っておるとすればな。自分で自分の命を断つよりも、岩倉に断ってもらいたいと。考えてほしい。そのようなことのできる訳がなかろう」

「恐れをなしての怯みではないのかと問われれば、なんと致す」

「そう思われてもかまわぬ」

「それでも武士か」

「だからこそ武士だ、と胸を張れる」

「侮辱されたままですませてなにが武士だ」

「挑んだが、怯んだ岩倉は対決を拒否した、ということでもかまわぬと言ったこともある」

「相手は納得せなんだであろう」

「できる訳がないのはわかっていたが、無益な殺生を避けるためには致し方ない」

「で、相手は」

「散々罵倒して去ったが、その後、そやつが岩倉に勝ったとか、怯えた岩倉が勝負に応じなんだらしいとの噂は聞いておらぬ」

「だれもが信じぬとわかっていては口にできまい。笑い者となるのがオチだからな」

「あとは堂々巡りで切りがなかろう。となれば引き取ってもらいたい」

古枝が盲従するはずがなく、源太夫を睨み付けたまま動こうともしなかった。

キーッと鋭い叫びが空気を切り裂いたが、古枝は眉毛一本動かそうとしない。叫び声は百舌鳥だろう。春から初夏には山で巣を掛けて雛を育て、秋になると人里に下りて来る。

いつの間にか、百舌鳥の啼く季節になっていたのだ。

「黙って引きさがるぐらいならば、園瀬くんだりまでやっては来ぬわ。どんな手を用いても、勝負に持ちこんでみせるからな。付き纏(まと)って隙あらばと斬り掛かれば、勝負するしかなかろう」

問答無用との口吻(こうふん)にうんざりしてしまう。頑迷固陋(がんめいころう)さがほとほと疎(うと)ましくなった。

「なぜに死に急ぐのだ」

「へんッ」と、古枝は鼻を鳴らした。「大した自信であるな。負ける気がないなら、なぜに戦わぬ」

「何度も言わせるな。無益な殺生をしたくないのがわからぬか」

古枝はさらにおおきく鼻を鳴らすと、まるで口調を変えて言った。

「ちらりと見掛けたが可愛い娘だ。ずいぶんと遅くできた子供のようだな。目に入れても痛くないと言うが」

相手をしないなら花の命をねらうと言うのである。さすがに限界であった。

「先ほどの言葉をそっくり返す。それでも武士か」

「七年の修行のあいだに人の心は捨てた。人非人(にんぴにん)よ。となりゃ、できぬことはない」

「人だと思うから殺生は避けたかったが、犬畜生にも劣るとなれば容赦はせん」

「こうなることはわかっておったろうに、すなおに受けりゃよいものを」

「明朝七ツ半（五時）、並木の馬場で相手致そう。馬場の所在がわからずば、宿のあるじにでも訊くがよい」

「並木の馬場、七ツ半だな。臆するでないぞ」

体の右側に置いていた大刀を摑むと立ち、古枝はゆっくりと座敷を出た。

相手がどう筋を運ぼうとしているのかはわかっていたが、源太夫は挑発に乗らざるを得なかったのである。抑えに抑えてはいたものの、娘を持ち出されては看過できない。

――これが武芸者の定めというものか。

庭に出て唐丸籠に移された軍鶏たちを、その金属光沢を放つ蓑毛を見て廻る。心が鎮まるのを待ってから、道場にもどって見所に坐った。

古枝玉水のことが気になるのだろう、何人かの弟子がときおりようすを窺うのがわかってはいた。しかし源太夫は気付かぬ振りを続けた。

三

払暁の並木の馬場。

城山の北を隣藩に向かう街道の走る馬場の西側と、その先に花房川の流れる北側は、防風林を兼ねた並木になっていた。外側には常緑の松、内側には落葉樹の櫟が植えられている。松と櫟のあいだはほぼ等間隔を成し、櫟が半間（約九〇センチメートル）ほど馬場寄りの内側に植えられていた。

初代藩主九頭目至隆が命じて植えさせた並木は、二百年を超えて見事な巨木となっている。

二万五千坪強の広さがある馬場の名はそれに由来しているが、さすがにこの時刻では並木はぼんやりとした黒くて高い壁にしか見えない。

東の方角のみ明るく、山がくっきりと切絵のような輪郭を見せていた。だが中天はまだ漆黒の闇で、無数の星が煌めいている。

前日、夕食後に源太夫は目付の岡村真一郎に、古枝玉水と果たし合いをする旨を届け出た。かつては腕の立つ弟子たちに後学のために勝負を見せていたが、最近では考えるところがあって中止している。

　妻のみつだけに伝えた。

　八ツ半（三時）に起きると、鉢巻や襷、新しい下帯などが揃えられていた。源太夫は嗽と手水をすませると、清水で絞った手拭で体を浄めて身支度を整えた。みつの見送りを受け、並木の馬場への第一歩を踏み出した。

　門を出て東進する。

　満天に金砂、銀砂を撒き散らしたように星が輝いているので、源太夫にはそれだけで十分であった。大村圭二郎が名付けた梟猫稽古を続けたおかげで、星月夜ならほぼ目が利く。ほとんど昼間と変わらぬ足取りで夜道を進んだ。

　常夜燈の辻で北に道を取り、城山の麓を寺町から北へと抜けた。抜けると左折して西へと進む。

　この道を辿って並木の馬場へ向かい、何人と対決し、斬り倒したことであったか。そしていつになれば終わるのだろう。これを最後にしたいが、おそらくそうはゆくまい。

　岡村ともう一名がすでに姿を見せていた。

目顔で挨拶を交わす。

城山の裏手にある森から、白鷺らしい水鳥の群れが啼きながら花房川を目指して飛んで行った。小魚の動きが鈍い早暁に獲物を漁るのだろう。鳥目だと言われているが、まだ薄暗いのに思った以上に見えるようだ。

ほどなく古枝玉水も姿を見せた。やはり無言のまま目礼を交わし、二人は懐から鉢巻と襷を出して身支度を整え、袴の股立ちを取った。

「目付の岡村真一郎と田村与兵衛が立ちあう。正々堂々と、存分に力を尽くして戦われよ」

源太夫と古枝は三間（約五・四メートル）の距離を取って対峙した。

これまで戦って来た相手のこと、そして勝負について源太夫は明確に記憶している。いや、目に焼き付いていた。

七年まえの川萩伝三郎に関しても、そのときの空気さえ感じられるほどだ。川萩は当時無敵を誇り、次第に傲慢で横暴、さらに狂暴になり、傍若無人な態度で鼻摘まみとなっていた霜八川刻斎を倒して、一気に剣名を高めようと技に磨きを掛けていた。

ところが川萩が戦いを挑もうとしたとき、霜八川はすでにこの世の人ではなかった。南国の小藩園瀬の、名を耳にしたこともない岩倉源太夫に討ち果たされていたのである。ある旗本が、腹違いの弟を倒した源太夫に刺客として放ったのが霜八川であった。

川萩の相手は岩倉に切り替えられた。

対決に際して出した条件はただ一つ、霜八川に用いた秘剣「蹴殺し」で、ということである。面籠手(めんこて)なしの竹刀で、弟子たちが見守る道場での勝負となった。

川萩伝三郎はかなりおおきく足を開き、竹刀を斜め前方におろして構えた。竹刀を支点に体を三角形にする型は、馬庭念流(まにわねんりゅう)の基本の構えに近い。霜八川が馬庭念流の免許皆伝(かいでん)であるため、それを打ち破る川萩独自の工夫を凝(こ)らしていたのかもしれなかった。

相手が源太夫になったが、磨きあげた技をそのまま用いようというのだろう。しかも絶対に通じるはずだ、との自信があったにちがいない。

源太夫は、一点を見ながら全体を見、全体を見ながら一点を見ていた。

川萩が仕懸けるよりも一瞬早く、源太夫は怒濤(どとう)の撃ちこみをすると見せかけて、そのままの姿勢で後退した。源太夫の攻めを受けて逆襲に転じようと考えていたであろう川萩に、一瞬の迷いが生じた。

だが、源太夫の後退に乗じて川萩が一気に撃ちかかろうとしたその刹那(せつな)、体重を乗せた源太夫の反撃が繰り出されていた。霜八川刻斎に用いたのと、まったくおなじ蹴殺しである。

床に叩き付けられた川萩は立ちあがって構えたものの、源太夫に隙がなく、打ちこむことができなかった。

霜八川を倒せると自信を持っていただろう川萩だが、その相手を一撃で葬った源太夫はやはり一段も二段も腕が上であった。

修行して出直すと言った川萩は、古枝玉水として再度挑戦してきた。蹴殺しを意識していないはずはないが、今回は真剣でという以外には註文を付けていない。

源太夫は川萩伝三郎に関する記憶を拭い去り、頭の中を空にして古枝玉水に対した。

足を肩幅より幾分か広く開くと、源太夫は膝(ひざ)をわずかに曲げ、力を抜いた腕を垂らす。相手のどのような攻撃にも対処できる、自然と身に付いた構えである。

古枝がゆっくりと鯉口(こいぐち)を切り、右手で柄を摑むと静かに抜いた。そして正眼に構える。

源太夫はおなじ姿勢を崩さなかった。

古枝がじりッと一歩を踏み出したが、源太夫は微動もしない。

さらに一歩、古枝が踏み出した。源太夫は焦点をあわさずに、一点を、同時に全体を見ている。

そこで古枝は静止した。いや静止したかに見えるがそうではない。ほとんど目に見えぬほどの微速で、腕を引き始めたのだ。一点を見ながら同時に全体を見ている源太夫の目は、十分な明るさはなくても、それを見逃さなかった。

いつの間にか肘(ひじ)が直角に近く折れて、腕を体に引き付けている。

来るな、と思うと同時であった。

地を蹴った古枝が、体を前傾させながら腕を一杯に伸ばして猛烈な刺突(しとつ)で迫った。目にも留まらず抜刀(ばっとう)した源太夫が、間一髪でそれを撥(は)ねあげる。予測していたのだろう、撥ねる力を利用してちいさな円を描く。刀身を回転させて、古枝は源太夫の横腹を薙(な)ごうとした。それを受けて撥ね返すと同時に、両者は跳び退(の)いて正対する。

七年まえとは別人のように鋭く、しかも動きが速い。だがそれ以上に感じたのは気魄(きはく)の差だ。

一瞬の緩み、迷いが命取りになる。

古枝の最初の刺突は、かなり自信を持ってのものだったろうが、源太夫はそれを撥ね退けた。当然だが二の矢、三の矢を用意しているはずである。

ふたたび古枝が間合いを詰め始めた。

古枝は正眼だが、源太夫は右手で柄を握って前方に垂らしている。

またしても地を蹴り、腕と刀を一直線に伸ばし切っての刺突だが、撥ね退けようとする刀身をちいさく巻きこむようにしながら、素早く体勢を立て直して新たな刺突を繰り出す。弾き飛ばそうとするが、古枝の刀身が粘り付いて来る。馬庭念流の米糊付(そくいづけ)を発展させたもののようだ。術に嵌(は)まってはならないので、押すと見せて引き、鐺(こじり)で捩(ね)じって滑らせる。

二人が同時に地面を蹴って跳び退いた。

向きあったと思う間もなく、源太夫は刀身と腕を一直線とし、全体重を乗せて突き出した。間髪(かんはつ)を容れず古枝が突進して来たのは、撥ね返す余裕がなかったからである。

顎(あご)先に痛みを感じたが、腕に強い手応えがあった。源太夫の刀の切っ先が古枝の咽喉(のど)を突き抜いていた。

刀を引くと、地面を蹴って源太夫は飛鳥のごとく跳んだ。同時に古枝の首から夥しい血が噴き出した。

源太夫がどこかで蹴殺しを使ってくると、相手が予想して備えていることはわかり切っていた。だから敢えてそれを利用したのである。

撃ちこむと見せて後退し、相手が一気に攻めようとした瞬間に逆襲に転じ、その力を利用して打ちのめす。床に叩き付けられた川萩にとって、七年まえの蹴殺しの技は強烈な印象を刻みこんだはずである。だからそれに対応できるように、あらゆる対処法を考え抜いたにちがいない。

それがわかっていたので、危険極まりないことは承知でその裏を掻いた。勝敗は紙一重である。源太夫の切っ先は古枝の咽喉を突き抜いたが、相手は顎を傷付けただけに終わった。

古枝は何度か激しく全身を痙攣させたが、すぐに動かなくなった。

岡村真一郎が懐紙を田村与兵衛が手拭を、それぞれ懐から取り出して源太夫に駆け寄った。二人とも蒼白な顔をしていたが、むりもないだろう。

差し出された懐紙を顎に当て、さらにその上から手拭で押さえ付けた。

「かたじけない。大した傷ではないので、すぐに止まるだろう」

「それにしても」

そう言ったものの、岡村は言葉を続けられなかった。

これまでに十人を超える相手と真剣勝負に及んだが、傷を負ったのは三度目である。

妻と上役が同衾(どうきん)する場に乗りこんで二人を殺害した立川彦蔵(たちかわひこぞう)は、姦夫姦婦(かんぷかんぷ)の成敗ゆえに、名乗り出れば罪に問われなかった。ところが妻が間男したこと自体を恥じたのか、姿を晦(くら)ませてしまったのである。

それが藩主の逆鱗(げきりん)に触れ、源太夫に上意討ちの命がくだった。のちの語り草になるほどの死闘となり、全身何箇所にも傷を負っている。

二度目の相手は、鳥飼唐輔(とりがいとうすけ)と名乗った軍鶏飼いであった。黄金丸(こがねまる)という美麗な軍鶏を籠に入れ、岩倉道場の庭にやって来た。軍鶏にはさまざまな羽根の色があるが、一番多いのが猩々茶(しょうじょうちゃ)と呼ばれる赤み掛かった褐色だ。黄金丸はその色が薄くて明るいので、陽光を受けると黄金色に輝くことから命名された。

源太夫が鶏合わせから秘剣「蹴殺し」を編み出したように、鳥飼も軍鶏が戦うのを見て閃(ひらめ)いた技を使うとのことであった。鳥飼との勝負では左腕に傷を負った。

そして「蹴殺し」で敗れ、七年の荒修行の末に再度挑んだ川萩伝三郎改め古枝玉水を倒しはしたものの、顎に傷を負ったのである。

「佐一郎、出てまいれ」

源太夫が大声で叫んだので、岡村と田村は思わず身を引いたが、すぐにその視線の先を追った。

十間（約一八メートル）ほど離れた椽のうしろから、まだ十代の若侍が姿を見せると、気まずそうに三人にお辞儀をした。

「お気付きでしたか」

「当然だ。親は知っておるのか」

「いえ。知っておりましたら、出してはもらえません」

亡くなったともよとのあいだに生まれた修一郎の息子で、源太夫にとっては孫に当たる佐吉である。十六歳になった今年、元服して佐一郎と名を改めていた。

祖父が軍鶏侍の渾名で知られる剣士だと知って、憧れもあったのだろうが八歳で岩倉道場に入門した。源太夫の血を濃く引いたらしく、かつて若軍鶏と呼ばれた大村圭二郎に負けぬ素質の持ち主ではないかと言われている。

「しかし、よくわかったな」

「昨日、古枝玉水と名乗る客人がありましたね。ところが古枝どのがお帰りのあと、道場にもどられるまでにかなりの間がありました。恐らく庭で軍鶏をご覧になられてから、道場にと」

「それで勝負を挑まれたと見たのか」

「はい。兄弟子たちに繰り返し言われておりましたので、先生の剣捌きをなんとしてもこの目で見たかったのです」

実の祖父ではあるが、入門した佐一郎は源太夫を師匠あるいは先生と呼んでいた。

「戦いを挑んで来た相手を先生が瞬時に打ちのめすのをこの目で見たと、事あるごとに兄弟子たちが自慢するのです。多少は腕をあげたかもしれんが、佐一郎は見ておらんだろうと馬鹿にされました。特に蹴殺しの凄さは繰り返し聞かされましたから、なんとしてもこの目で見たかったのです。先ほど古枝どのに用いたのが蹴殺しでしょうか」

それには答えず、逆に訊き返した。

「見ることはできたのか」

正直に答えるべきかどうかを躊躇したからだろう。ややあ間があったのは、って、佐一郎はちいさな声で言った。

「ほとんどわかりませんでした」

　正直なやつだなと源太夫は苦笑した。

「薄暗い中で、十間も離れておれば見えなくて当然だ」

「ですが捌きの鋭さは」

「ところで、今朝、並木の馬場との判断は、いかなる理由でか」

「これまではほとんどが並木の馬場で、以前は六ツ（六時）もあったが、最近は七ツ半が多いと聞いていたのです。もし今日でなければ明日、明日でなければ明後日に、と。毎日通う気でしたが、今日だと信じていました」

「なぜに」

「他国から来る者は、長く旅籠には逗留せぬものです。目的が一つですから、無駄なことはしないでしょう」

　目付や同心のいるところで、祖父と孫の会話を長々と続ける訳にはいかない。

「あきれたやつだ。まあ、よい。その代わり正願寺にひとっ走りして、住持か恵山に無縁墓地に一人」

「あ、それであれば岩倉どの、すでに手配は終わっております。それに」

岡村が目を遣った先を見ると、城山の北を西に向かう街道を男たちがやって来るところであった。先頭が町奉行所の同心で、大八車を牽(ひ)くのは岡っ引と手下らしかった。

「手廻しがよいな」

「何度かありましたので慣れましたよ。あの連中が旅籠を当たって、名前と住まいも聞き出していると思います。ま、偽名と偽りの住所だと思いますが」

「慣れた、ということであるか」

源太夫は苦笑したが、すぐに真顔になって孫に言った。

「では、佐一郎はすぐ家にもどれ。居ないのがわかったら親が心配する」

「それなら心配いりません。わたしは早めに道場に出て、稽古(けいこ)することがありますので、父も母も慣れています。ですから正願寺に運ぶまでお手伝いさせてください」

「だめだ。なにかあって道場に呼びに行き、いなければ大騒ぎになる」

諦めて帰り始めた佐一郎を呼び止めると、源太夫の気が変わったと思ったらしく笑顔で振り返った。

「なんでしょう、先生」

「和尚と話があるのでもどりは遅くなる。道場には早めに出て、銕之丞、辰平たちと話しあって進めろ。それから、このことはだれにも話すでないぞ」

「幸司にもですか」

幸司は後添いのみつとのあいだに儲けた子で、十三歳と佐一郎より三歳下であった。

「当たりまえである。うっかり洩らそうものなら破門と心得よ」

肩を落として帰って行く佐一郎に目を遣り、岡村と田村がちらりと源太夫を見て笑った。源太夫も苦笑したが、下駄の渾名で呼ばれていた師匠の日向主水を思い出したからである。主水のもう一つの渾名が破門先生であった。

佐一郎と入れ替わるように、男たちが大八車を馬場に牽き入れた。同心と岡っ引、そして下っ引たちが三人に頭をさげる。

「ご苦労である」

岡村がそう言うと同心は胸に手を当てた。

「東雲のあるじに、名と住まいを聞いております。一応は問いあわせますが、おそらくこれまでどおり該当する者はおりますまい」

旅籠の主人から聞き出した古枝と名乗った男に関する手控えを、懐に仕舞ってあるということだろう。

「うむ」と言ってから、岡村は源太夫に訊いた。「われらもまいるが、岩倉どのは」

「同道致す。またしても無縁墓地に葬ってもらわねばならんが、心苦しきかぎりだ」

大八車に古枝の遺骸を移すと、筵で被い、血が流れた地面には、下っ引が用意していた砂を撒いた。いつもやっていることなので手際がよかった。

四

遺骸は門からではなく、廻り道をして裏手から運び入れるのが決まりだ。

岡村真一郎は腰の矢立を抜くと、同心に古枝の名と住まいを訊いて、懐から出した書面にそれを書き入れた。医者か藩の役人の書類がなくては埋葬できないからである。

書面で問いあわせても、半月から場合によってはひと月以上も掛かってしまう。それでは腐敗してしまうため、遺族や関係者に連絡が付く付かぬはべつにして、仮埋葬することになっていた。

源太夫たちは大八車を牽いて来た同心と岡っ引を待たせて、庫裡（くり）に入ると小坊主に取り次ぎを頼んだ。

折よく朝の勤行（ごんぎょう）を終えたところらしく、すぐに恵海と恵山が姿を見せた。話は通じているので、挨拶がすむなり岡村真一郎が、用意していた書面を恵海に手渡した。

恵海が書面を確認した上で、読経（どきょう）して葬ることになる。

事情はどうあれ死ねば仏であった。礼を尽くさねばならない。源太夫が読経料や埋葬する人夫への手間賃を入れた紙包みを渡すと、恵海は目の高さに掲げて軽く一礼してから袂（たもと）に落とした。

庫裡を出たかれらは裏手に廻った。無縁墓地は檀家（だんか）の墓所からは離れた、敷地の外れの一画に設けられている。

古枝玉水の遺骸は、地面に敷いた筵の上に移されていた。目は閉じられていたものの、突き破られた咽喉の傷が生々しい。鉢巻と襷は外してあったが、着物には黒く色変わりした血がべっとりと付着していた。

源太夫は片手拝みし、冥福（めいふく）を祈らずにはいられなかった。紙一重の差で自分がた。
落命していたかもしれないのである。顎に手を当てたが、すでに血は止まってい
　恵海と恵山の師弟が経を読み始めた。
　読経を聞きながらふと気が付くと、辺りの叢では夥しい数のコオロギが鳴き
交わしていた。すでに秋が忍び寄っていたのだ。
　無縁墓地は所々がわずかに高くなっている。埋めた当初は山なりに盛りあがっ
ていただろうが、遺体が腐敗したためにもとにもどったらしい。形ばかりの短い
卒塔婆が何箇所かに立てられていたが、すでに字は読めなくなっており、倒れた
ものもあった。
　卒塔婆が形ばかりなら読経も形ばかりで、あっけないほど簡単に終わった。
　恵海と恵山が両手をあわせて一礼したので、源太夫たちもおなじように遺骸を
拝した。
　同心が恵海に訊いた。
「お住持さん、このままでよろしいので」
「ほどなく人夫が来て、処理しますでな」
　同心は下っ引に命じると、遺骸に筵を掛けさせた。

「それではわれらはこれで」

恵海が労う。

「お役目ご苦労でした」

源太夫たちに目礼すると、同心は下っ引の一人に大八車を牽かせて帰って行った。

二人の目付は手続きなどもあるので帰るとのことだが、帰路、岡村が岩倉家に寄ってみつに伝えてくれると言った。

「突然お目付が顔を見せると、もしやと思うかもしれん」

源太夫がそう言うと、岡村は笑顔でうなずいた。

「たまには驚かせるのも、いいのではないですか」

「でしたらわたしが報せにまいりましょう」

恵山が横から控え目に言った。

「寺からの使いだと却って驚くだろう」

恵海がそう言ったのは、源太夫の気持を慮って少しでも笑わそうとしたのかもしれない。

「大丈夫です。こぼれんばかりの笑顔を見せたら安心なさるでしょう」

「久し振りであろうから、ゆっくりしてまいりなされ」

「ありがとうございます」と恵山は恵海に、続いて源太夫に言った。「権助は元気にしておりますか」

「ああ、軍鶏の世話は亀吉がやってくれるのでな。杖がなければ歩くのが不自由になったが、口だけは達者だ。圭二郎、ではなかった恵山の顔を見れば喜ぶであろう。それからほかの者は知らぬので、みつだけに伝えて、市蔵や幸司には気取られぬように」

上意討ちで倒した男の息子を、養子にしたのが市蔵であった。

「わかりました」と言ってから、恵山は二人の目付に言った。「拙僧は着替えますので、先におもどりください」

そう言って恵山は足早に庫裡に消えたが、いっしょに行くと気を遣わねばならぬので、それを理由に避けたのだろう。

目礼して門に向かう岡村と田村を見送りながら、恵海が源太夫に言った。

「浄めの塩というところですが、われらの浄めは酒でないとな」

庫裡に入ると、恵海は戸棚から湯呑茶碗、下の引き戸を開けて酒徳利を取り出した。

「ここでもよろしいが、不意に檀家が来ることもありますで」

源太夫にと言うより、自分に対する言い訳かもしれなかった。

「朝は早かったのでしょうな」

板の間の庫裡から廊下に出ると、ゆっくりと歩きながら恵海がそう訊いた。

「八ツ半ごろでした」

「軽く引っ掛けて、微睡(まどろ)まれるがよろしい。ま、疲れてはおらぬだろうが、早起きはこたえましょう」

まだ緊張が解けていないらしく、頭は冴(さ)えわたっているし、体もなんともなかった。

若いころは一晩眠れば疲れはすっかり取れたが、五十をすぎてからはそうもいかない。当日はそうでもないが、翌日か翌々日にどっと出るようになった。しかも一日で取れずに長引くのである。

結局、恵海は自分の居室に招き入れたが、そこが一番落ち着くからだろう。

書き物をすることが多いためか、部屋には墨と本のにおいが籠っている。部屋のあちこちに本が何段にも積み重ねられていた。

恵海は中央に腰をおろすと胡坐(あぐら)をかいた。向きあった位置に源太夫が座を占めると、二人の真ん中に一升徳利を立てる。源太夫をうながして湯呑を取らせると、なみなみと注ぎ、自分の湯呑も酒で満たした。

二人は無言のまま酒を口に含んだ。古枝玉水を倒して半刻（約一時間）あまりということもあって、とてもではないが甘露とはいかない。手にはまだ、古枝の咽喉を突き抜いたときの感触が生々しく残っていた。

なんど経験しても慣れることはなかった。いや、繰り返すにつれ、ますますおぞましくなる。

「さながら、賽の河原の石積みのような気がしてならぬ」

「これはまた、いかなる喩えでありましょうや」

「なんとか塔が作れたと思うと、鬼が来て崩してしまう。その繰り返しとなると、どうにも虚しゅうてな。相手に刀を抜かせずにすむには、どこまで強くならねばならぬのか」

少し考えてから恵海は二人が以前話した、相手の力を封じこめてしまう剣、相手を圧倒し柄に手を掛けようという気さえ起こさせない、究極の剣の話だと思い至ったようだ。

「しかし、抜かせずにすんだこともあったのではないですかな」

「説得できたこともあれば、対決して睨み殺しと言えばいいか、気魄で抜かせずにすんだこともなくはない」

「たいしたものです」

「しかし、ごくわずかだ。無益な殺生はしたくないが、どうにも避けられぬ「かと言うて投げ出す訳にいきませんわな」

「先刻、供養してもろうた男はどうかわからぬが」

源太夫はそう前置きして、対決まえに古枝にも話した、園瀬を死に場所と定めて源太夫に引導を渡してもらいにやって来るらしい男たちについて語った。

黙って聞いていた恵海は、源太夫が話し終えても無言のままである。無言のまま湯呑に手を伸ばす。残りが少ないので源太夫は注ぎ足した。

「それも功徳ではありませんかな」

「功徳であるか。功徳、か。たしかに楽になれる相手にすればそうかもしれんが、それをやらされる身としては」

「割り切るしかないと思いますが」

「割り切るしかない、か」

「武芸の者の業だと」

「武芸の者の業、であるか」

そこで源太夫は、鸚鵡返しをやっている自分に気付いて苦笑した。思考にならずに、思いが堂々巡りをしているのだろう。

「いかがかな。久し振りに烏鷺(うろ)の争いを致しませぬか。思い詰めてもどうにもならんこともある。そういうときには気を紛(まぎ)らわせるにかぎりますでな。人を救うが出家の務めではあるが、拙僧は非力にて酒と碁の相手ぐらいしかできん」

はははと笑いながら、恵海は部屋を出るとすぐにもどって来た。碁盤の上に碁(ご)笥(け)を載せてある。

蓋(ふた)を取ると恵海は石を摑み出した。源太夫が碁石を一つ取って碁盤に置くと、恵海が碁石を二つずつ並べてゆき、最後に一つが残った。

互先(たがいせん)の場合、偶数か奇数かが合致するかどうかで先番を決めるのである。

しばらくのあいだは黙々と、交互に石を盤上に置いて行く。

乾いた単調な音が続いた。

どうしても無心にはなれない。

あるいは、と不意にある思いが浮上した。

兄とともに父の冤罪を晴らした大村圭二郎が、家族や周りの反対を押し切って出家し恵山となったのは、武芸の者の業ということに思いが至ったからではないだろうか。

できれば避けたかった真剣勝負で、無益な殺生をしてしまったとの忸怩たる思いに浸されているから、こんなことを考えるのではないのか、とも思う。

でありながら、その思いは次第に強くなっていくのであった。

盤晴池田秀介が源太夫に預ける形で、圭二郎は岩倉道場に入門した。もともと天稟の才があるところに努力もあって、めきめきと腕をあげ、源太夫の軍鶏侍に比して若軍鶏と称されるまでになったのである。

それまで圭二郎は、源太夫が武芸者の挑戦を受けて斥ける場面を何度も見ていた。道場での竹刀や木剣での試合もあれば、並木の馬場での真剣勝負も見ている。その折、源太夫は蹴殺しを用いた。

その後、父の大村庄兵衛が公金横領の罪を着せられて、物頭の林甚五兵衛に斬殺されたことが明らかになった。林は源太夫たちより上の世代では屈指の腕を有し、還暦を迎えていたが矍鑠としていた。

道場に住みこんだ圭二郎は源太夫から猛訓練を受け、父の仇を討って名誉を回復させたのである。

しかも二十五石と小禄ではあるが、別家を立てることを許されたのであった。それは父の冤罪がわかったために、藩が特例としたのだと思われる。婿養子になるか、学問あるいは武芸で身を立てるしかすべのない次、三男坊たちにとっては羨むべき処遇であった。ところが、圭二郎は僧になる道を選んだのである。

武芸の者の業に気付いたからだ。あるいはそこまで明確ではなかったかもしれないが、そのまま進めばよからぬことになるとの、漠然とした思いがあったのかもしれない、との思いがますます強くなっていく。

父だけでなく仇の林の霊を弔うため僧になると言ったが、林を倒した瞬間に、武芸の者の業を見たのではなかろうか。腕が立つので番方に組み入れられる可能性が高いが、そうなると踏み車を踏み続けねばならぬ。

源太夫が最近になって感じるようになったことを、圭二郎はあの若さで感得したという気がしてならない。だからそれを避けたのだが、別家を許されているとの事情がある。断れば次、三男坊たちの恨みを買うことは火を見るよりも明らかであった。それが許される唯一の道が、父と仇の霊を弔うとの理由で出家することであったのだ。

そういうことであったのか。思わず声に出しそうになり、源太夫は辛うじて呑みこんだ。

ふしぎであった。ひっきりなしに思いが胸を過るのに、盤上の進行はいつもより速やかなのである。どこを攻めどこを守ればいいかが、明瞭にわかるのだ。ほかの思いが心を占め、碁の攻防に対して無心でいるためかもしれなかった。源太夫がそこに打つと、恵海は唸り煩悶する。悩んだ末に石を置く。源太夫は相手の手が妙手なら妙手なりに、悪手なら悪手なりに自分が次に打つべき手が明らかにわかるのであった。

いつもこうであれば楽なのだが。あるいは頭が冴えているというよりも、関係のない部分が麻痺するために、冴えていると錯覚しているのかもしれなかった。

恵山こと圭二郎がみつに報せる役を買って出たのは、今の源太夫は恵海に委ねるのが一番いいと思ったからではないだろうか。あるいは酒を飲みながら碁を打つことが、無言の会話となり、それによって源太夫の心が次第におだやかになるのを期待、いや、そこまで読んでいたのかもしれない。

さまざまな思いが源太夫の胸に去来する。

あるいは一線から身を退けば、つまり道場主をやめれば、踏み車を踏み続けることから逃れられるかもしれないとも思う。今まで何度もそこに思いが行きはしたが、その都度、押し返してきたのである。

霜八川刻斎を倒した当初はかなりの数の武芸者が戦いを挑んで来たが、それも次第に間遠になっていた。古枝はそのまえの挑戦者から数えて二年半振りの相手になる。修行して出直すと約束したからそれを守ったのであって、そうでなければ現れなかったかもしれない。

七年以上が経過しているので、もはやほとんどの武芸者が霜八川のことも、それを倒した園瀬藩の岩倉源太夫の名も忘れているとも思う。

岩倉道場は源太夫の姓を冠してはいるが、藩士とその子弟を教導するために藩主から与えられたものであった。

商人と癒着した国家老が藩を私物化し、藩政が立ち行かない状態にまで陥ってしまったことがある。そのため少数の有志が綿密に計画し、ほとんど無血のまま改革したという経緯があった。

そもそもは上に立つべき武士が、本来の心を喪ったために起きたことである。

そのため武芸だけでなく、真の武士の心を持った藩士を育てるとの願いを、藩主九頭目隆頼とその腹違いの兄で次席家老の九頭目一亀から、源太夫は託されたのであった。

その期待に応えるべく、文武に秀でた弟子を育てることに心血を注いだ。

弓組の次男坊だった竹之内数馬は、入門して間もない二十二歳で代稽古を付けるほどの腕前になった。腕が立つ上に冷静沈着で客観的な判断力も備え、眉目の涼やかな美男である。武具組頭の柏崎家から婿養子に請われ、次々と出した建議書が認められて、若くして中老の末席を占めるまでに出世している。

おなじく道場開きからの弟子、東野才次郎は芦原讃岐の若党であったが、讃岐が藩政立て直しに尽力して中老になったとき、家臣に引き立てられていた。才次郎の父の代で家が廃されたが、文武両道に優れかつ勤勉、若き藩士たちの模範として藩政への貢献が大との理由で、お家が再興となっている。

この二人に大村圭二郎を加えた三羽烏が、岩倉道場の俊秀であった。

道場を託すとなると、まずこのうちのだれかだろうが、中老となった柏崎数馬や、中老芦原讃岐の片腕となって実務面で能力を発揮している東野才次郎、そして出家して恵山となった大村圭二郎が、道場主に納まる訳にはいかない。

三人が傑出していたということもあるが、続く弟子たちは「帯に短し襷に長し」で、めきめきと力を付けてきた佐一郎にしても、まだまだ及ばない。しかも修一郎の跡を継いで岩倉家の当主とならねばならないので、二代目岩倉道場主にはなれなかった。

もちろん、実子の幸司が文武ともに力を発揮すれば継げないことはないが、まだ十三歳ではどうなるか見当もつかない。

しかし、のんびりとはしていられないのである。

真剣に、それも早急に後継者を育てなければならなかった。

五年ではむりかもしれないが、遅くとも十年の内には決めなければならないだろう。それに今回の古枝はなんとか凌ぐことができたが、源太夫にしてもいつ命を落とすかもしれないのだ。そのときに衣鉢を継ぐ者がいない状態では、藩主の願いを裏切ることになる。

「欠伸を漏らすほど退屈しておる相手に負かされては、面目次第もありませんな」

その声でわれに返ると、恵海が苦笑を浮かべながらじっと見ていた。どうやら勝負は終わり、しかも意識しないで打っていたにもかかわらず、源太夫が勝ったらしい。

「これは失礼いたしました。急に睡魔に襲われたようで」

「微睡んで行きなされ。欠伸が出るということは、体が一休みしたいと欲しているからです。早起きに果たし合い、酒に碁となると、身も心も疲れますからな。ここでもよろしいがべつの部屋でもかまいません。寺方には部屋数がありますで」

　葬式や法事だけでなく、さまざまな寄合や講で人が集まることが多いので、寺には多くの部屋が造られている。普段は襖で区切られているが、開け放つとたちまちにして大広間が出現するようになっていた。

五

　人の気配を感じて上体を起こすと、襖の向こうで「よろしいでしょうか」と恵山の声がした。

「おお、すまぬな」

　寝すぎると却って体が怠くなるので、四半刻（約三〇分）ほどで起こしてもらいたいと、恵海に頼んでおいたのである。みつに報せに行ってくれた恵山がもどって、声を掛けてくれたのだ。襖が開けられた。

「空腹でしょうから、すぐに用意いたしますが」

「いや、もどらねばならぬ。道場をそのままにしておく訳にもゆかぬからな」

「でしたら茶を一杯だけでも。さっぱりいたしますよ」

　恵山に従って庫裡に入った。

「権助には驚かされました」と、茶の用意をしながら恵山が言った。「ちょうど夏の終わり、秋の始まりという、おなじ季節ということもありましたので、鎧(よろい)武者の話になりましてね」

　神山に端を発する堅川(たてかわ)は、ほかの川と合流して花房川となる。

　園瀬の里は巨大な蹄鉄(ていてつ)のような大堤に囲繞(いにょう)されているが、その堤の起点に藤(ふじ)ケ淵(ふち)があった。南西から流れくだった花房川が、堅牢(けんろう)な岩盤に激突して淵を掘り起こし、南東へと方向を変えている。

　その藤ケ淵に、三尺（九〇センチメートル強）はあろうかという巨鯉が姿を見せたことがあった。鎧武者とは、当時圭二郎だった恵山が、その鯉に付けた渾名である。

　多くの男たちが目の色を変えてねらったが、長い歳月生き延びただけあって知恵があり、どうしても獲えることができなかった。

　道場に住みこんだ圭二郎は、権助とともに暗いうちに藤ケ淵に出掛けた。毎朝芋団子を淵に投げて、ひと夏掛けて餌付けしたのである。そして大嵐の直前に釣りあげることができたが、巨鯉との駆け引きに負けて糸を切られてしまった。

　恵山が湯呑茶碗を源太夫のまえに置いた。軽く頭をさげて碗を取り口に含む。相当に渋く淹れてあったが、その渋さがなんとも爽やかに感じられて心地よかった。

「権助はこと細かに憶えておりましてね。竿を鐶に入れて継いでゆき、釣糸を結わえて、玉浮子や釣針、錘などを付けてゆく手順。鯉との駆け引き、そればかりかわたしと鯉の気持、考えていることまで、実に克明に話してくれました。本人のわたしが忘れてしまったことまでを、ですよ。古稀はとっくにすぎて傘寿に近いはずなのに、なぜあれほど憶えていられるのでしょう」

　途中から大雨になったのでびしょ濡れになり、帰り道、農作業用の道具や藁を保管した小屋で、火を焚いて濡れた着物を乾かしたのであった。そのおりの二人の遣り取りを、権助はすっかり再現したのである。

「きれいに忘れていたのに、権助に言われてわたしは鮮やかに思い出すことができたのです。本当にふしぎな男です」

「圭二郎と一夏掛けて鯉を釣りあげたのが、権助には一番のよき思い出なのかもしれんな。元気なうちに、なるべく顔を見せてやるがよい」

「はい、そうします。ところで」と、恵山は話を切り換えた。「今朝の並木の馬場ですが、もしかして佐一郎どのが行っておりませんでしたか」

その問いには源太夫も驚かされた。意外な思いが顔に出たのだろう、恵山が笑いながら説明した。

幸司と佐一郎は、ときおり正願寺に恵山を訪ねることがあるらしかった。かなりまえになるが、あるときなにかの弾みで、源太夫の秘剣「蹴殺し」が話題になったらしい。そのときは、どうせ子供には詳しく話しても理解できないだろうと、簡単な説明に留めたのである。

ところが三月ほどまえに、佐一郎が一人でやって来たそうだ。

「兄弟子たちに、蹴殺しを見たことがないだろうと馬鹿にされ、口惜しくてならなかったということだな」

「おわかりでしたか」

「周りの者に訊いても凄いと言うばかりで、どのように凄いかを教えてくれない。そこであれこれ考え、白羽の矢を立てたのが圭二郎だ」

「よくおわかりですね」

「佐一郎は今朝、木の蔭から見ておったが、暗いし離れていたので見えてはおらんはずだ」

「明るくても、最初のときはなにが起きたのかわかりませんでした」

「で、話して聞かせたのか」

「はい。ですが見ないかぎりわかりません。見てもわからないくらいですから。なんども来ましたが、わたしが忘れていたことを思い出すかもしれないと思ったのでしょうね。佐一郎どのは根掘り葉掘り、それは熱心に訊きましたよ。しかも毎度のことですが、ああ、見たかったなあ、なんとしても見たいなあ、と溜息を吐いていましたから」

「そういうことだろうと思ったし、暗くてわかりはせんと思うたので見せたのだが」

「なるほどそうでしたか」

「なにしろ殺しあいであるからな。以前は弟子たちに後学のためにと見せたこともあったが、今は見せておらんのだ。それに、見せてわかるのは数馬、才二郎、そして圭二郎くらいなもので、なまじ見せたために心の均衡(きんこう)を喪った者がいるやもしれん。まだ十代の弟子には見せるべきではないと思う。特に佐一郎は孫でもあるしな」

「となると、このあとが厄介ですね」

「このあと、と言うと」

「幸司どのですよ。佐一郎どのとおなじように、兄弟子に蹴殺しの話を聞かされ、なんとしても知りたいと思わぬはずがありません。ですが」

そう言うなり恵山は口を噤(つぐ)んだ。

「ですが、どうした」

「師匠であり父親である先生には気が引けて訊けないでしょうし、佐一郎どのにも話しにくいと思います」

「となると話してもらえる相手はただ一人、圭二郎こと恵山和尚と言うことになるな。おまえなら安心して任せられる。そのおりには何分よろしく頼む」

源太夫に頭をさげられ、恵山は困惑を隠すことができなかった。

「ところで和尚は」

「この時刻ですと、おそらく書見なさっているはずです」

「であれば挨拶せずに帰る。よろしく伝えておいてくれ。馳走になった」

殺生した身としては山門から出る訳にはいかない。源太夫は古枝の遺骸を大八車で運び入れた道を、逆に辿って街道に出た。

南下してしばらく行くと寺町に入る。漆喰の塀は高く、狭いながら堀もめぐらされていた。十に近い寺が集められ、しかも桝形まで造られているのは、敵襲があれば直ちに砦と化すことができるようにとの考えによるのだろう。

思えばおれも変わったものだな、と源太夫はしみじみと思った。

御蔵番のころは、ひたすら強くなりたい一心であった。余計なことは考えず、ただ剣の上達のみを考えていたのである。

酒は多少飲んだが、莨は気を麻痺させると聞いたので吸わない。そして、むだだと思うことは一切しなかった。必要がなければ話すこともせず、壁とか岩などと陰口を叩かれたが、まるで気にはならなかったのである。

それが通用しなくなったのは、道場を開いて弟子を持ってからであった。

教えなければならない。

言葉でもって相手を納得させねばならないのである。言わずとも通じると言う者もいるが、そんな相手はごくまれだ。話してわかればいいほうで、話しても理解できぬ者が驚くほど多い。

道場を開くと同時に後添いにみつを娶った。ところがみつの前夫を上意討ちで倒さねばならなくなり、孤児となったその子を養子にしたのである。その直後に、子を生せぬことを理由に離縁されたみつが身籠った。

養子に続いて新しい生命の誕生であった。

弟子たちの相談に乗り、なんとかそれを解決しようと苦しみ、うまく運ぶこともあればそうでないこともある。そういう中で、人が本当に大切にしなければならぬものはなにだろうと考えざるを得なくなった。

人は多彩であり、だれもが哀しみを胸に秘め、それぞれちがったものに楽しさや喜びを見出す。楽しさや喜びは至るところに溢れている。源太夫は今までは、それに目を向けようとしなかった。

先日、娘の花が萩の小枝を盤睛に見せたときがいい例だろう。萩が古くから人の愛しみを受け、その証として多くの異名、別名があることを教えられたときの、花の目の輝きが忘れられない。

あのようなことが積み重なって、人は少しずつ心を豊かにしてゆくのだと実感できた。

源太夫は藩のため、藩主家のためにいつでも命を捨てる覚悟ができている。現に、先の改革では国家老の放った刺客を倒したし、その後も藩の掟に背いた者を上意討ちした。すべてが藩と藩主家のためであった。

しかし藩とはなんだろうと思うようになったのは、道場を開いて弟子を持ち、また後添いにみつを娶って、思いもしなかった子を得てからだろう。

藩を成しているのは領民である。武士はそれらの民、つまり農民、職人、商人などが滞りなく暮らしてゆけるように、日々の生活を守るのが仕事であり役目だ。源太夫にとって領民とは、道場の弟子であり、家族であり、藩校「千秋館」や日向道場でともに学んだ者たち、さらには軍鶏を通じて知りあった人々である。それらの集合体が領民であった。

常夜燈の辻で西に折れる。

かれらのためには命を賭すことも厭わないが、古枝のような武芸者はその埒の外にある。しかし源太夫は武芸者として、戦いを挑まれれば受けざるをえない。それが疎ましくてならなかった。どこかで断ち切りたいものだが、簡単ではないだろう。

道場の後継者育成のほかにも問題はあった。

だれにも避けることのできぬ老いだ。

耳はそうでもないが目には衰えが来て、ちいさな文字が見えにくくなっていた。

鍛え抜いたとはいえ、体力も例外ではない。瞬発力と持続力が低下してきたのを感じずにはいられなかった。なんとか維持しようと努力をしてはいるが、いつまでもとはいかないのはわかっている。

まず、自分がそれに気付いた。やがては弟子たちや周囲の者もそれを知るだろう。

時間はかぎられている。ともかく後継者の育成が急務だ。

右手前方に調練の広場が見えて来た。その背後には武家屋敷の甍(いらか)の連なりが、さらに高みには、石垣の上に聳(そび)える天守閣が白壁を輝かせていた。

調練の広場の左手、南側には柱を二本立てた門がある。打ちあう竹刀や甲高(かんだか)い気合が聞こえて来た。それを耳にして源太夫は心が引き締まる思いがした。同時に雑念が去って、一気に心が落ち着くのがわかった。

門を入ると右手に道場、ちいさな瓢簞(ひょうたん)形の池のある庭を挟んで、反対側に母屋がある。軍鶏の世話が一段落したらしく、床几(しょうぎ)に坐った権助と、石に腰をおろしていた亀吉が同時に立って、「お帰りなさい」と挨拶した。

　おそらく待ちかねていたのだろう、母屋と庭を仕切っている垣根に設けられた柴折戸(しおりど)を押して、顔を輝かせたみつと花が現れた。

「お帰りなさいませ」

　声をあわせて挨拶する二人に、源太夫はおおきくうなずいた。

「お怪我(けが)を」

　顎の傷に気付いたみつが心配そうに言った。

「なに、かすり傷だ」

　庭のあちこちには唐丸籠が置かれ、その中では軍鶏たちが、金属光沢のする羽根を輝かせながらすっくと立っている。

　道場の竹刀の音と気合が、一段と高くなったようだ。

　これだ、これこそ自分が守らなければならぬものなのだ、と源太夫は周りを改めて見直した。

夢は花園

一

芦原讃岐から久し振りに飲まないかと誘いがあったので、岩倉源太夫は西横丁の料理屋「花かげ」に出向いた。

「お待ち申しておりました。お見えでございます」

女将に案内されて部屋に通ると、中老は丸い顔を笑みで満たした。

すでに飲み始めていた讃岐は、銚子を取ると源太夫が手にした盃に注いだ。盆には盃がもう一人分置かれていた。讃岐はなにも言っていなかったが、源太夫のほかにもだれかが呼ばれているらしい。

だがそれは讃岐から話があるだろうから触れず、源太夫はさり気なく話し掛けた。

「相変わらず酒との闘いは続いておるのか」

「ああ、熾烈きわまりない闘いを、連夜、繰り広げておるわ」

道場時代の相弟子のありがたいところは、会えばたちまち当時に立ち返って、気兼ねなく話せることだ。

「連夜か。で、勝敗はどうなのだ」

源太夫の問いに讃岐は計算でもしているのか、しばし間を置いて答えた。

「勝ったり負けたり、だな」

「五分五分なら、たいしたものだぞ」

「であればよいのだが」

「十分でないか、それ以上なにを望む」

「酒が勝ったり、おれが負けたり。要するに全敗だからな」

「そんなことだと思ってはいたが」

なにも計算のまねなどすることはないではないか。

「ああ、連戦連敗で、毎日が宿酔（しゅくすい）という体（てい）たらくだ。新八郎（しんぱちろう）はどうなんだ」

自然と当時の名が出る。

「誘われて外で飲むくらいだ。最近は晩酌（ばんしゃく）もなるべく控えておる」

「調子がよくないのか」

「いや、至って順調」

「となると、もっと頻繁（ひんぱん）に誘ってやらんといかんということだな」

他愛（たわい）ない会話を続けながら、単に顔を見ながら飲みたくなったのか、あるいはなにか相談があるのかなどと思う。どうやら急を要するとか、緊迫した用件ではないようだ。

中老職にあれば、なにかと交渉やら調整などで疲れるだろうから、酒がすぎてもふしぎはない。気疲れで心が晴れず、疲労が溜まって政務が億劫になることもあるはずだ。そういうときにふと、源太夫や藩校教授方の池田盤睛などの、昔の仲間に声を掛けたくなるのかもしれなかった。

もちろん、それなりの目的がある場合もなきにしもあらず、である。

源太夫と盤睛はともに弟子を抱えているので、優秀な若手についてそれとなく話題にすることもあった。老職ともなれば緊急に限らず、将来の展望も見据えて藩政を考えていることだろう。そのためにも、常に有能な若手についての情報は集めているはずだ。

また相弟子として育った日向道場や、亡くなった師匠の日向主水が話題になることもあった。かつて机を並べた藩校「千秋館」時代の思い出、当時のだれかれの消息などに花が咲くこともある。

かと思うと、江戸からもたらされる話題を披露してくれることもあった。御公儀やさまざまな藩の動向、藩政立て直しの成功や失敗などをもとに、意見を戦わせることもない訳ではない。

もっとも盤睛の場合は、讃岐とはちがった方面からなにかと知ることも多いようだが、田舎の道場主の源太夫としては、拝聴することがほとんどであった。意見を求められることもあるが、讃岐もそれほど期待している訳ではないだろう。

「なにか動きがあるのか」

「いや、特にないな。すべての者を満足させるのは難しいということだ。どのようになっても、不満を持つ輩は現れるからな」

「不穏な動きは」

「ない。ただ不満に思う者はおろうな」

讃岐の話し方が曖昧なのでもどかしいが、相手の切り出すのを待つしかない。不満という言葉が続けて出たところを見ると、気懸かりなことはあるのだろう。

「藩政を滞りなく進めるためには、有能な者を抜擢する必要がある。先祖の功労に対して与えられた石高の高い家からも、当然だが有能な者は出る。だがそれに胡坐をかいている連中より、常に上を望む低い家柄から逸材が出る傾向が強い」

「格式に胡坐をかいた連中が、不満に思うということだな」

「ああ、自分の無能を棚にあげ、起用される者の能力や努力には目を向けぬ」

剣についても言えることである。よほど力量に差があれば認めるしかないが、ある程度上でもおのれと同等と見、ほぼおなじなら下に見るものだ。

「あとは、あの折にとばっちりを受けたと思うておる者たちだな。根強く不満を抱いておることだろう」

そのとき廊下を近付く音がしたが、それも一人ではない。

「失礼いたします」

女将の声とともに襖が開けられた。

「待たせたようだな」

声の主は思いも掛けぬ人物であった。

「ご家老さま」

入って来たのは藩主九頭目隆頼の腹違いの兄で、次席家老の九頭目一亀であった。思わず讃岐を見たが、丸い顔におだやかな笑いを浮かべているだけである。もう一つの盃はこの人のためだったのだ。

いくらか戸惑いはあったが、こうなったら成り行きにまかせるしかない。

「気楽にいたせ。そのつもりで来てもろうたのだからな」と言うと、一亀は床の間を背にして座を占めた。「わしらはともに九日会の同人で哉也、求繫で呼びあう間柄だが、なんと呼ぼうかの」

「岩倉で十分でございます」

「それでは芸がない」

芸がないとはどういう意味なのかと、源太夫は困惑せずにはいられなかった。

「九日会は俳諧の会でございますね。それがしは不調法で武骨な道場主ですので」

「いや、その気があれば歓迎するが、入会を勧めようと言うのではないのだ。ふむ、待てよ」と言って一亀は顎に手を当てたが、ややあって顔を輝かせた。「いい名を思い付いたぞ。いや、これしかないな」

どういう座興のつもりだと源太夫は讃岐を見たが、中老は愉快でならぬという顔で笑っている。

「木鶏でどうだ。いや、良い悪いに関係なく、わしは岩倉を木鶏と呼ぶことに決めた」

「木鶏は良い名でございますよ」

感心しきったという顔で讃岐がうなずいた。

源太夫は御蔵番として組屋敷に居たころ、一亀の訪問を受けたことがあった。病弱な父九頭目斉雅（なりまさ）の跡を継いだ隆頼を援（たす）け、一亀が藩政の改革に乗り出したときのことだ。時の筆頭家老稲川八郎兵衛（いながわはちろべえ）が商人と組んで藩を私物化していたが、それは武士が武士の心を喪（うしな）ったためだというのが隆頼や一亀の考えであった。

稲川の悪行を暴いて処分した一亀は、第二の稲川を出さぬために、武術だけでなく精神的にも真（まこと）の武士（もののふ）を育てるのが最優先だと考えた。そのため腕が立ち、しっかりした心構えの藩士に道場を託そうとしていた。

一亀は多くの藩士に接したが、隠居して道場を開きたいとの願書を藩庁に提出していた源太夫にも会ったのである。

そのおり軍鶏（しゃも）が話題になり、強い軍鶏は美しく、美しい軍鶏は強いと言われた一亀が、一羽の軍鶏を示して言った。

「美麗さから推（お）して、これは相当に強いということでござろうか」

源太夫の返答は簡潔きわまりなかった。

「未だ木鶏たり得ず」

組屋敷に住む御蔵番の口から『荘子（そうじ）』の故事が出たことが、一亀には信じられなかったらしい。その意外な思いが、強く心に刻印されていたということだろう。

「軍鶏侍が渾名ですので、木鶏と呼ばれることはかまいませんが、俳諧の会に入る気はありませぬ」

「先刻申したように、一向にかまわぬぞ」

「俳諧の会などと堅く考えることはない」と、讃岐が言った。「九日会は毎月九日に月次の会を催すから命名されたが、要するに発句の会、つまり句の会、さらに言えば同人が苦しんで俳諧を捻り出す苦の会でもある。九苦句の会と称してもいいほどだ。わしが続けておるほどだから、新八郎も十分にやっていけるとは思うがな」

「はい」と、讃岐は真顔になって源太夫に言った。「市蔵、ではなかった、龍彦のことなのだが」

　思いもしなかった名前が出た。

　上意討ちで倒した立川彦蔵の息子市蔵が孤児となったので、源太夫とみつは養子にしていた。今年、讃岐に烏帽子親になってもらい、元服して名を龍彦と改めたばかりであった。

源太夫は父親の姓名から立彦を考えたが、あまりにも直接的すぎるので、立を龍に変えたのである。

「龍彦、でしょうか。一体いかなることでございましょう」

「十六歳になったと聞いておるが」

「はい。ご中老に烏帽子親になっていただき、本年元服しております」

「控え目だが、物事の観察力に優れ、なににでも好奇の目を向ける若者であるな」

「ご家老さまは、愚息と話されたことが」

「あるからこそ、相談しておるのだ。ただ、われらの集まりでは朋輩として求繫と呼んでくれ、よいな、木鶏」

思わず讃岐を見ると、微笑みながらうなずいた。

「はい。求繫さま」

「実は九日会の宗匠、つまり俳諧の師匠が松本の作蔵なのだ」と、讃岐が事情を説明した。「作蔵の家に龍彦が遊びに来ており、作蔵と話があったので会の始まるより早く着いた求繫さまは、長くはないが龍彦と話された」

九日会は吟行もおこなうが、通常は同人の家で持ち廻り的に月次の会を開く。そのときは宗匠の家であったということだ。

「三年ほどまえであったか。なかなか利発な子だと感心したが、まさか木鶏の子息だとは知らなんだのだ。此度の件で哉也に問うたところ、それを知らされておおいに驚いたところでな」

「でしたらなにも相談などと申されず、命じていただければ」

「われらはあの折、合力した、謂わば同志ではないか」

あの折とは、筆頭家老稲川八郎兵衛から藩政を取りもどしたことを指す。裁許奉行であった一亀が中心となり、中老であった新野平左衛門、目付であった芦原弥一郎と、ほかに数人が秘かに動いたのである。そして新野の密書を、在府中の藩主に従っていた側用人の的場彦之丞に届けたのが、源太夫であった。

本人は神出鬼没の一亀さんの渾名で親しまれたほどで、身分や職業に拘らずだれとも親しく接したが、今もその延長線上にいるのだろう。しかし源太夫としては、どうにも落ち着かなかった。

「ところで求馨さま、龍彦をいかように」

二

「長崎に遊学させたい」

思い掛けないと言えば、これほど思い掛けないこともなかった。

「長崎でございますか」

「意外であったか。異国ではなく長崎だぞ。船で瀬戸内(せとうち)を行けば江戸へまいるよりずっと少ない日数ですみ、歩かなくてよいので遥(はる)かに楽だ。ん、いかがいたした」

「何分、急な話ですので」

「新八郎ではなかった、木鶏よ。将来の藩を背負って立つ男にとの、期待があればこそのお話だぞ」

讃岐がそう言うと一亀は何度もうなずいた。

「世の中はおおきく動こうとしておる。片田舎で安閑(あんかん)としておっては、動きに取り残されてしまう。異国の医学、法制、武器や兵法、芸能や文化、学ぶべきことは多い。龍彦は剣の腕はまずまず、有り体(ありてい)に言って今一つだそうだが、千秋館での成績は優秀だったと聞いておる。わしが期待するのは、物事を見詰め見極める目と、あらゆることに興味を抱くその性向だ。必要な事柄を、そして必要な事柄だけを着実に吸収するための条件を、子息は兼ね備えておると見た」

「ご期待に副(そ)えますでしょうか」

「わしの目が狂うておらねばな」

「そんなつもりで申したのでは」

「わかっておる。狼狽(うろた)えおって。なにも龍彦一人を遊学させるのではない。西洋医学を学ぶには、医術の基礎を学んでいなければ手に負えぬ。武器や兵法に関してもおなじだ。それぞれ基本を習得した者を決めておる」

「ですが残る芸能や文化、それに法制にしましても、龍彦には荷が」

　そう言いはしたが、本心とはちがうことを言ってしまったとの自覚はあった。なにを臆(おく)しておるのだ、源太夫、と心の奥で叱責(しっせき)の声がする。

「芸能や文化は、もちろん知識があったほうがいいであろうが、どちらかと言えば感覚的なものであり、法制はその仕組みを学ぶので把握(はあく)力があれば概要を摑(つか)むことは可能だ。中途半端な知識など持ちあわせておらぬ、むしろ白紙の状態のほうがより多くを吸収できるかもしれん。ゆえにこの芸能や文化と法制を学ぶにふさわしいのが、龍彦だと思い至ったのだ」

「園瀬の地を、一歩も出たことがありませんが」

またしても心にもないことを言ってしまった。なんたる優柔不断だと、自分に呆れてしまう。心の裡では喜びが急激に膨れ、それだけに俄かには信じられないのかもしれなかった。

「それぞれに荷物持ちの下僕を付けるし、長崎に着けば阿蘭陀語の通辞も雇う。そのまえに半年間、当地でわが国と外国の歴史、風土、文化などのちがいの概要、阿蘭陀語の基礎は学んでもらう。会話はむりだとしても、挨拶ぐらいできるようでなければならん」

讃岐がきまじめな顔で言った。

「木鶏よ、これほどの機会は、龍彦の生涯において二度と訪れぬかもしれんぞ。藩費による遊学の申請は数多出されておるし、それがだめなら私費でという者もいるほどだ。ここでためらっておっては、龍彦に生涯恨まれることになるのではないか」

「ためらっておるのではないが、あまりにも思い掛けないお話だったゆえ」

「わかった。無理強いはせぬゆえ、子息に伝えて前向きに考えてくれ」

「そのような機会をお与えいただき、なんとお礼申してよろしいのやら」

「受けてくれるのだな。ありがたい」

「はい、それがしは。しかし当人ともよく話しあわねばと」

「ああ、当然であろう」

何人かの足音がしたと思うと、襖の向こうで女将の声がした。

「特別にご註文をいただきました料理が、できましてございます」

「おお、ちょうど話が付いたところだ。待っておったぞ」

一亀の声に襖が開けられ、料理の香りが漂った。

「えッ、園瀬一の料理屋『花かげ』で、このような品を」

源太夫が信じられぬ思いで見ると、澄まし顔で女将が言った。

「ご家老さまの特別註文で、こちらでは初めてお出しする品でございます」

「そしてこの見世では、これが最後になるかもしれん」と、一亀が悪戯っぽく笑った。「木鶏の息子をなんとしても長崎に遊学させたいとの、特別誂えの料理だ。しかし、こちらでこのようなと申したところをみると、木鶏はこれを食したことがあるのか」

話しているあいだに女将と仲居頭が、大振りな碗によそって銘々の膳に供した。

「さ、召しあがれ。温かいうちにいただくのが一番とのことだそうですから」

「では、まずは喰おうではないか」と箸を取ってひと口含んでから、一亀は目をまん丸に見開いた。「おお、これ、この味よ。ところで木鶏、これはなんと言う名の、どういう料理であるか」

「卵とじジンゾクのぼっかけ、と申すそうです。なんでもお百姓の夏場の、なによりの馳走だとか」

「それを武家の木鶏が、どうして知っておるのだ」

次席家老の身でありながら、一亀は作法など無視して食べながら喋った。女将の華が思わず手の甲で口を押さえた。笑いが堪えられなくなったらしい。

「ごゆっくりとお召しあがりくださいませ」

「女将、酒を頼む。ああ、おなじだけだ。今夜はそれで切りあげる」

「畏まりました」

頭をさげて女将がさがると、一亀は源太夫をうながした。

それからは三人とも、食べながら話すという行儀の悪いことになってしまった。しかもときおり、盃を口に運ぶのである。

「下男の権助が作ってくれまして、それからは毎年、夏には子供らが楽しみにしております」

「この、ハゼを十分の一ほどにした小魚が、ジンゾクと申すか」

言いながら一亀は三分（約一センチメートル）か五分（約一・五センチメートル）ぐらいの小魚を箸で摘まんでしげしげと見た。

「なるほどちいさくはあるが、頭と口が大でまさにハゼであるな」

「求繫さまはハゼをご存じで」

哉也こと讃岐が意外な顔になって、求繫こと一亀に訊いた。

「江戸に居たころは、仲間とよく釣って遊んだものだ。ハゼはどんな餌にも喰い付く貪欲な魚でな、ダボハゼと言うのはそこから来ているのであろう」

「そういたしますと、卵とじジンゾクのぼっかけを食べられたこともおありなのですね」

まさかあり得ないだろう、と源太夫は思っていたのである。

「江戸から園瀬に来てまもなく、ともかくどこにでも顔を出しておったことがあってな」

「神出鬼没の一亀さま、と呼ばれていたころでございますね」

「ある百姓家で馳走になったのだ。これほど美味なものがあるのかと驚いた。なんと申す料理であるかと訊いたら、料理などと言うほどのものではないと笑われた」

「それがしも下男に訊いて笑われました。なんでもジンゾクを醬油と少量の砂糖で煮て、それを卵でとじ、煮汁とともに飯にぶっかけるだけだと言われましてね」

ぼっかけはぶっかけが訛ったのだろう。

「お武家さまの召しあがるようなものではございませんよと言われたが、美味なものは美味だ。味に身分があるものか。以来、脳裡、いや舌に刻みこまれてな。なんとか食したいものだと、あちこちで訊いたが、そんな料理を出しておる見世はなかった。料理名さえ知らぬのだ」

念のために訊いたが、『花かげ』の者もだれも知らなかった。そこで一亀は、料理人を件の百姓家へ学びに行かせた。

憶えたと言うので作らせて食べたが、百姓家で食べたのとはまるで別物であった。

そこで訊くと、百姓料理で品がないので魚の脂を抜き、出汁に工夫をして生臭さを消したと言う。鰹節と昆布の配分をいろいろと工夫して、ようやく納得のゆく味が出せたと料理人は自慢した。

　ジンゾクそのものがなによりの出汁なのに、余分な出汁を加えたために味を相殺してしまったのだ。

「そこで付きっ切りになって、ジンゾク、醬油、少量の砂糖だけで作らせたら」

「百姓家で召しあがられた味になったのですね」

「正真正銘の、卵とじジンゾクのぼっかけの味となった」

「しかし求馨さま、これでおよそ一年は、卵とじジンゾクのぼっかけの味とはお別れでございますよ」

「なぜであるか」

「これも権助に教えられたのですが、夏は大口で冬は小口との諺があるそうでして、夏場は体に比して口のおおきな魚、例えば鮎とか鰻、そして鯰やジンゾクなどが美味なのだそうです」

「ジンゾクは、ちいさい体に比して口は巨大であるな」

「逆に冬場は体に比して口のちいさな魚、例えば鮒、寒鮒と申しますね。それから鯉や鮠のような魚の味が良いとのことです。萩の花が咲きましたので夏も終わります。ということは来年の夏まで、卵とじジンゾクのぼっかけはお預けとなります」

「となると、心して食さねばならぬな」

そこで一亀は、呆れ返ったという顔になって、源太夫をまじまじと見た。

「いかがなさいました、求繫さま」

そう訊いたのは、本人の源太夫ではなくて讃岐であった。

「木鶏」

「はい」

「それにしても、よく喋るようになったものだな」と源太夫に、それから一亀は讃岐に言った。「わしが木鶏の組屋敷を初めて訪れた折、軍鶏を見せてもろうたのだが、なんと美しい鶏だと言うと、木鶏はたったひと言こう言ったのだ、軍鶏」

「それだけでございますか」

「さよう。普通ならこの鳥は鶏ではなく軍鶏である、くらいは言うのではないか。それがたったひと言、軍鶏」

「当時は息子夫婦と権助、そして十羽に満たぬ軍鶏と組屋敷に住んでおりました。岩とか壁などと皮肉られるほど無言で通していたのです。無口でもなんの不都合もなかったのですが、今は多くの弟子を教えております。喋らずに指導することはできません」

「責めておるのではない。不図(ふと)、当時のことを思い出して懐かしく思うたまでのことだ」

次席家老と中老、それに道場主である。思いも掛けぬ方向に話が逸れたが、まずその顔触れでは語られるはずのない話題になった。

三

夕刻の六ツ（六時）から飲み始め、それなりに楽しいひと時をすごして、屋敷に帰ったのは五ツ半（九時）ごろであった。

子供たちは寝ているだろうと思っていたが、龍彦や幸司(こうじ)だけでなく、八歳の花までが起きていた。

源太夫の着替えを手伝いながら、みつが言った。

「お父上がお帰りになると、大切なお話をされると花が申しましてね、勘のいい子ですから、それではと、みんなで起きていたのですよ」

「そうか。花はどうしてそう思ったのだ」

「亀吉(かめきち)が今朝、軍鶏の時を作る声がとても明るく聞こえ、気持ちよさそうに響いたから、こんな日はきっと良いことがあると言ってたの」

花がそう答えたので幸司が思わず噴き出すと、龍彦が言った。

「亀吉は軍鶏のことが実によくわかっている。本人も自分は人よりも軍鶏に近いと思っているくらいだから、馬鹿にしたものでないぞ」

源太夫はさり気なく龍彦に訊いた。

「ところで龍彦は、松本で一亀さまとお話ししたことがあるのか」

「はい。でも、三年もまえになります」

「どんな話をしたのだ」

「特に覚えておりません」と言って、龍彦は少し考えてから続けた。「読んでいた本のことを訊かれましたので、思ったことや感じたことを話しました。あとは、外国のこと、外国とわが国のちがいなどを教えていただきました。例えば文字は、わが国では上から下へ、右から左へと書きますが、外国では左から右へと横書きにするとか、知らぬことばかりで本当におどろかされました」

おそらくふしぎに思うこと、奇妙なことに関してあれこれと質問したのだろう。その視点や発想の独自さが、一亀の記憶に残っていたということだ。

「今日は讃岐さまに呼ばれたとのことでしたが、ご家老さまもいらしたのですか」

みつがそれとなく訊いた。

「ああ、行ってからわかったのだが、むしろ一亀さまに呼ばれたということだ」

一体どのような話が交わされたのかを知りたくてたまらないだろうに、だれもが源太夫が話し始めるのを待っている。

「藩ではこれから先のことを考え、若手を長崎に送って新しい知識を学ばせることにした。西洋医学、砲術などの新しい兵法、管絃、唄、踊り、芝居、絵などの芸能や文化と呼ばれるもの、世の取り決め、つまり法制だな。医術や兵法はまったくの素人には手に負えん。その点、文化や法制は学ぶ気さえあればさほど問題はない。一亀さまは龍彦に芸能や文化、法制を学ばせたいとおっしゃった」

「なぜ、わたしに」

と言ったが、頰はすっかり紅潮して輝いている。

「松本で話した折に、この若者は見込みがあると思われたのであろうな」

「すばらしいではありませんか。もちろん、お受けなさったのでしょう」

みつに問われて源太夫が首を横に振ると、龍彦だけでなく全員が顔を強張らせた。

「なぜですの。せっかくご家老さまにお声を掛けていただいたというのに」

そこでみつが声を呑んだために、龍彦も幸司も意味を覚ったようだ。ただ家長に対して、断じて口にできることではない。

「金の工面ができぬため二の足を踏んだと思うたか、このような好機が、二度と得られるとは思えない。借金をしてでも、送り出さずにおくものか。それに藩が有望な若手を学ばせようというのだ、路銀をはじめ一切の費用は心配せずともよい。それればかりか、手当てをいただけるとのことだ」

「でしたら、なぜに」

「みなに相談して、特に龍彦の気持をたしかめてから返答したかったのだ」

「わたしに相談ですって。父上、なぜ命じていただけないのですか」

龍彦に言われるまでもなく、いわば藩の命令であれば源太夫が拒否することなどできないし、現に一亀に対して受けてきたのだ。ただ源太夫としては、藩から龍彦に対して長崎遊学のお達しがあったと、事務的に伝えることに抵抗があった。

「気に染まぬのに無理強いして、一生を棒に振るようなことになってはならん」

「なにをおっしゃいますか、父上。わたしはここまで育てていただきながら、しかも道場主の子でありながら、佐一郎には早くから太刀打ちできず、幸司にもあっと言う間に追い抜かれ、身の置きどころがなかったのです。いかに身を処せばよいのかが、なによりの悩みでした。ご家老がわたしなんぞに目を留めていただき、これほど光栄なことはありません。道場のことは幸司に任せられますし、わたしはべつの形でご主君とお家のために貢献しとうございます。それがわたしにできる親孝行だと思います。ぜひとも行かせてください」

「よく申した。では明朝、弟子たちが道場に来れば稽古の段取りを付け、それから出掛ける。四ツ（十時）に父と登城して、ご家老の一亀さまにお目に掛かるとしよう。そのまえに話しておくことがある」と、そこで源太夫は幸司と花に言った。「もう遅いから、おまえたちは先に休みなさい」

「蒲団に入っても眠れないに決まってますから、だったら起きていてもおなじでしょう。わたしたちにも聞かせてください」

　幸司がそう言うと、花も真剣な目で父を見あげた。

「お願いです。だって兄上のことなんですもの。おとなしくしてますから」

「大丈夫。許してくださいますよ。だって、とてもいいお話ですものね」

みつも兄妹の肩を持つ。

「よかろう。ところで龍彦」

「はい」

「明日、正式に決まれば、やらねばならぬことが山のようにあるぞ」

出立(しゅったつ)までの半年間は、園瀬で下準備することになる。まず阿蘭陀語の基礎を学ばねばならないが、師匠は藩のほうですでに手配ずみだ。長崎ではわが国の人だけでなく阿蘭陀人からも学ぶこともあるので、せめて挨拶くらいはできねば始まらない。

長崎に着けば阿蘭陀語の通辞を雇ってもらえるが、直接話すことができれば、相手は熱心に教えてくれるはずだ。また本を読むために、辞書を使えるようにしておくこと。

園瀬にいるあいだにわが国と外国の歴史、風土、文化などのちがいの概要は、頭に入れておかねばならない。これに関しても、藩が何人かの師匠を手配してくれている。なお、ともに長崎に遊学する者たちが、いっしょに学ぶことになるはずだ。

「ところでみつ。半年後ではあるが、早めに旅に必要な品を用意してやってくれ。風邪や食あたり、頭痛などの薬、懐紙、矢立、手拭、当座の下着や衣類などだな。要る物があればあとから送ればいいので、取り敢えず旅に必要な物と、長崎に着いてしばらくは困らぬ品を揃えること。そうだ、才二郎の女房」

「弥一兵衛さまの園さん、でしょ」

「園どのは長旅に必要な品を承知しておるだろうから、なにかと教えてもらうとよい」

「はい。わかりました」

才二郎は江戸から女房の園を連れ帰ったことで有名になった源太夫の弟子で、父の代で絶えた家を再興している。その折、才二郎から父の名、弥一兵衛に改めていた。

「長崎にはどのくらいになりますの」

「どのくらいとは」

「一年ぐらいでしょうか。準備に半年掛けるのですから、もっと長くなるかもしれませんね」

「迂闊にも訊き忘れた。龍彦が長崎遊学の一人に選ばれたというだけで、頭がいっぱいになってしもうたのだ」

源太夫が掌で額を叩いたので、子供たちがどっと笑った。みつも笑いを堪えるのに苦労している。ひとしきり笑ったところで、源太夫は引き締めに掛かった。

「ところで一番肝腎なことを話すので、肝に銘じておくように。龍彦だけではない。みなもよく心得ておかねばならぬ」

そう言って見廻すと、だれもが真剣な目をしてうなずいた。

「此度の長崎遊学の候補者選びは内密に進められていたそうだが、どこからか漏れたらしく、自薦他薦の申し込みが相当数あったらしい。中には撰に洩れれば、自費ででも学ばせたいと考えている者もいるとのことだ。だから自慢するなどもってのほかだぞ。くれぐれも謙虚にせねば、やっかみ、妬まれる。こんなことはすぐにわかるから、人になにかと訊かれるだろうが、お蔭さまで、とか、自分でも驚いていますくらいにしておくように。龍彦だけでなく、幸司や花もだ」

「はい」

兄妹が声を揃えて言った。

「本人の龍彦はわかっておろうが、悔(くや)し紛(まぎ)れにからかうとか、厭味(いやみ)を言う者も現れるはずだ。だが受け流して挑発(ちょうはつ)に乗らぬように。控え目にせねばならぬが、選ばれたのだから胸を張って堂々としておれ。そうすれば、龍彦に突っ掛かる連中のほうが小者だと判断される。そういうものなのだ。龍彦の役目は新しい知識を吸収して、それを藩のために役立てることだからな」

「はい。わきまえております。それにわたしは、かなりのことなら我慢できますから」

「龍彦兄さん、良かったですね」と、幸司が言った。「どうか、わたしたちのことは気になさらず励(はげ)んでください。わたしも兄上に負けぬよう、文武両道に勤(いそ)しみます」

「それを聞いて安心した」

「では遅くなったので、そろそろ休むがよい」

「父上、母上、お休みなさい」

三人が手を突き、声をあわせて挨拶した。

「ああ、お休み」

部屋を出る子らを見送ってから、みつが言った。

「お茶を淹れましょう」

「うむ」

しばらくしてみつが持って現れたのは、燗を付けた徳利と盃であった。

「お祝いですものね」

みつが源太夫の盃に静かに酒を注いだ。

「それにしましても、ようございました」

「それほど肩身の狭い思いをしておるとは、思うておらなんだのだ」

龍彦のことである。

「話せる相手もいないので、心に秘めていたのでしょうね。そこへ此度の思い掛けない吉報でしたから、つい本音を漏らしたのではないでしょうか」

「話す相手はいるのだ、たった一人だが」

みつは自分の盃を手にすると、少し含んで下に置いた。

「亀吉ですね」

「ああ」

「明日の朝は、二人だけにしてあげたらいかがでしょう」

「そのつもりだ」

上意であったとはいえ、実の父を斬った相手が育ての親の源太夫だと、市蔵であった龍彦は知ったのである。その苦悩がいかにおおきかったかは想像に難くない。市蔵は実母夏江の弟である狭間銕之丞にすら、打ち明けられなかったのだ。

市蔵が話した、たった一人の相手が亀吉であった。市蔵は幼いころ、岩倉家に居候していた浪人に毎日のように釣りに連れて行ってもらっていた。

そのとき知りあった百姓の次男坊亀吉だけが、唯一、市蔵が自分の胸の裡を明かした相手であった。打ち明けるところを聞いてしまった権助から教えられ、市蔵の切なさにみつは思わず涙ぐんだほどである。

亀吉はその後、岩倉家の奉公人となって権助から軍鶏のことを学んだ。今では権助の後継者となって、軍鶏の世話を一手に引き受けている。

四

翌朝、龍彦は爽やかな顔で挨拶をしたが、目はいくらか赤かった。むりもない、ほとんど眠れなかったはずだ。

「龍彦」

朝餉を終えて茶を飲みながら、源太夫が呼ぶと「はい」と返辞をした。

「わしは今朝の、軍鶏の見廻りを中止する。亀吉に長崎の話をして喜ばしてやれ。権助にはわしから話しておく」

「ありがとうございます」

言うなり龍彦は、茶も飲まずに飛び出そうとした。

「龍彦」

源太夫の声に龍彦は慌てて立ち止まった。

「狭間どのと民恵さん、それから松本の作蔵どのや皆さんにも報せておけよ。龍彦から聞かずに噂で耳にした、などということになると、寂しい思いをするからな。ただし、なるべく控え目に、だ」

「わかっております。あとは恵山和尚と丈谷寺の徹宗和尚ですね」

丈谷寺は蛇ヶ谷の盆地にある寺で、龍彦の父立川彦蔵が葬られていた。

「それにしても、縁とは実にふしぎなものであるな」

幸司が道場の拭き掃除に行き、花も去って二人きりになると、源太夫がしみじみとみつに言った。

「わしらと龍彦が親子になったことがまさにそうだが、龍彦と一亀さまの巡りあわせも縁としか言いようがない」

「本当でございますね」

松本の作蔵は丈谷寺とおなじ蛇ヶ谷盆地の裕福な百姓で、十二歳のとき花房川で溺死しそうになったところを、槍組の田村彦十に助けられた。作蔵が二十九歳のとき彦十夫妻が、十歳の民恵を残して相次いで亡くなった。作蔵は恩人の娘の民恵を、ためらうことなく引き取って養女にしたのである。

その民恵を妻としたのが、立川彦蔵の妻夏江の弟狭間銕之丞であった。銕之丞と龍彦は叔父と甥の間柄になる。

源太夫と銕之丞は彦蔵の月命日には、丈谷寺への墓参を欠かさないが、やがて龍彦も同道するようになった。民恵にとって作蔵夫婦は育ての親で、その子供たちも義理の姉にひどく懐いていた。

それもあって、銕之丞とその甥である龍彦も、松本一家に歓迎されたのである。いつしか龍彦は墓参だけでなく、ときどき松本を訪れるようになった。そして松本の作蔵が宗匠である九日会がかれの家でおこなわれたとき、一亀と龍彦は邂逅した。

「あるいは宿命なのかもしれないな。会うべき人はどのような困難や障碍があっても、かならず会うようにできているし、会えない人はいかに努力し、策を講じても会えないということなのかもしれない」

「まったくそうですね」

「日ごろから精進しない者や努力を怠る者、それにズルをする者は、そのような幸運の輪から外されるのかもしれん」

「そうでないと割にあいませんから」

「さて、権助を喜ばせてやるか」

下駄を突っ掛けて源太夫は庭に出た。

次席家老の九頭目一亀が龍彦のことをどこまで知っているかは不明だが、もしかすると二人に共通するなにかを感じたのかもしれない、と源太夫は思った。

一亀の父九頭目斉雅は、藩主となるはずだった兄の斉毅が急死したため急遽跡を継ぐことになった。父治明は斉毅の急死に気落ちしたのか、藩主としての心構えやすべきこととしてはならぬことなどを斉雅に教えるまえに、斉毅の後を追うように亡くなった。

老職がちゃんと支えれば問題はなかったのだが、筆頭家老の稲川八郎兵衛は病弱な斉雅を傀儡と成して次第に専横を恣にし、いつしか藩を私物化していたのである。

斉雅が気付いたときには、もはやどうすることもできなかった。そこで斉雅は慎重に策を練り、二人の息子が協力して稲川から藩を取りもどす腹案を講じたのである。

そのため長幼の序を無視して、正室の子である隆頼を藩主とし、側室の子の一亀に腹違いの弟を補佐させることにした。

国家老は五家より成り、筆頭以外の四家は同族の九頭目家が占めていた。そのうちの九頭目伊豆家には男児がなかったので、一人娘の美砂のもとへ一亀を婿入りさせたのである。

斉雅の目論見どおり、兄弟は力をあわせて稲川から藩政を取りもどすことができたのであった。

岩倉家の場合はこうである。

先妻ともよとの子である修一郎が御蔵番である岩倉家を継いで、布佐とのあいだに佐助と布美とを儲けている。佐助は元服して佐一郎となった。

一方の源太夫は隠居して道場を開き、みつを後添えとしたが、先の藩政改革で重要な働きをしたこともあって、別家を建てることを許された。ほどなく、上意討ちで倒した立川彦蔵の息子市蔵が孤児となったので、引き取って養子としたのである。ところがその後、子を生せぬのを理由に婚家を離縁されたみつが皮肉にも身籠り、無事男児を出生した。それが幸司である。

藩主である腹違いの弟を補佐する家老の兄。

道場主となるにふさわしい実子の弟と、まったく血縁のない兄。

表には出さないが鬱屈したものを抱えているのを、鋭い一亀の感覚が嗅ぎ取ったのではないだろうか。

ふと、そんな思いが脳裡を過ったのであった。

天気がよいと権助は、庭で床几に腰をおろしていることが多い。自分で作った瓢箪形の二坪ほどの池、濠の向こう岸に立つ柳や組屋敷の屋根、さらに南方の山々を見てすごすのが日課だ。

「権助、おはよう」

源太夫の弟子たちが、声を掛けてから道場へ入って行く。

「はい、おはようございます。今日もお励みなされ」

この下僕はかならず、律義に挨拶を返すのであった。

ほどなく亀吉が餌を食べ終えた軍鶏を、唐丸籠を少し持ちあげて歩ませながら、庭に連れて来る。そして適当な間隔を開けて、唐丸籠を置いてゆくのだ。
権助は杖に頼って軍鶏たちを見て廻ることもあれば、床几に腰をおろしたま
ま、遠く近くで蓑毛(みのげ)を輝かせる軍鶏たちを厭(あ)きることなく見ていた。
「おはようございます、旦那さま」
目敏(めざと)い権助が源太夫より早く挨拶した。
「や、おはよう」と、床几を権助の近くに移して源太夫は坐(すわ)った。「今朝は権助
に喜んでもらえる話を持って来た」
「はい、お待ちしておりましたですよ。さっき、龍彦さまが来られまして、権助
にいい話があるとのことでしたので、先に亀吉に話してやりなされと言いまし
た。そしたら、旦那さまが話してくださるはずだと申しましたので、鶴のように
首を伸ばして待っておりました」
龍彦を元服前の市蔵と言うことが多いのだが、今日はまちがえなかった。亀吉
に対して鶴の首を掛けるなど、いつになく冴(さ)えているようだ。
「龍彦が長崎に行くことになってな」
「江戸の敵(かたき)を討ちにでございますか」
「大分、調子もいいようではないか」

「軍鶏が時を作る声がよろしいときは、権助も調子がようございます。昨日、今日といい声で啼きましてね」

亀吉とおなじことを言っている。道場に作られた下男部屋と鶏舎は少し離れているので、果たして時を告げる軍鶏の啼き声がちゃんと聞こえるだろうか、とも思う。

「先生、おはようございます。権助、おはよう」

「はい、おはようございます」

道場に入るまえに、弟子たちはかならず声を掛けた。源太夫は目顔で挨拶を返すだけだが、権助はきまじめに言葉を返す。

非番の日だけ稽古に来る藩士もいれば、短い時間であっても登城前に汗を流していく者もいた。

気合や竹刀を打ちあう音を背景に、源太夫は龍彦の長崎遊学について話して聞かせた。

相鎚を打ちながら聞いていた権助が、いつしか黙ってしまった。そのうち、ぐすぐすとくぐもった音を立てていたかと思うと、たまらなくなったらしく、手拭を出して目に押し付けた。

齢ととともに涙脆くなったようだ。

岩倉道場の今後、特に実子の幸司と養子の龍彦のどちらに託すのか。また二人以外に任せた場合の幸司と龍彦の行く末に、権助なりに心を傷めていたのかもしれない。

「権助、泣き止まぬか。そろそろ龍彦と亀吉がやって来るぞ」

「へ、へえ」

しかし気を利かしたのか、それとも長崎遊学に話が弾んだのか、二人はなかなか姿を見せなかった。

五

園瀬の城郭はなだらかな城山の山頂に天守閣、その東寄りに本丸、一段さがった東に二の丸、そこから西側に折れて本丸下の南側に三の丸、さらに一段さがって西の丸と続いている。

大手門を入ると、筆頭と次席の家老の屋敷が向きあうように配置されていた。武家屋敷は緩い斜面に少しずつずらして雛段状に建てられ、大手門の内側と西の丸寄りに重職の屋敷が集まっている。それらを中心に番方と役方の屋敷が配され、周縁部に下級武士の組屋敷と町家が混在していた。

城郭の内部に入るのは初めてなので、西の丸御門を潜ると、龍彦はまず門扉(もんぴ)の材の厚さと巨大な鉄の鋲(びょう)に驚いていた。高い白塀に設けられた銃眼や弓の狭間(さま)、桝形(ますがた)など見るものすべてが珍しくてならないらしい。

中老の執務室は二の丸にあるので、源太夫と龍彦は四ツまえに出向いてその旨を告げた。少し待たされたが、四ツの鐘が鳴ると同時に若侍が現れ、先導されて執務室に通された。

九頭目一亀は目を通していた書類から顔をあげると、莞爾(かんじ)と微笑んだ。

「市蔵、ではなくて龍彦であったな。無沙汰(ぶさた)じゃ」

「ご家老さま、ご無沙汰いたしております。此度は長崎遊学にご推挙いただき、まことにありがたく存じます」

龍彦は教えられたとおりに挨拶した。

「本日は概要と以後の段取りを簡潔に述べる。具体的な事柄に関しては、三日後に係の者から話があるはずだ。では概要と段取りだが、そのまえに御前(ごぜん)に目通りが叶うた」

「ご家老」と、思い掛けない成り行きにあわてたのは源太夫である。「そのことはお聞きしておりませんでした。なにも話しておりませぬゆえ、不調法をしでかしましては」

「いや、御前からお言葉があるだけだ。面をあげるように言われても、決して目を見てはならぬ。胸の辺りに留めるのが礼儀とされておる。まずないとは思うが、なにか問われた場合には、はきはきと簡潔に答えるように。緊張することはないぞ。もしかすると賜り物があるやもしれん。当然だが御前からではなく側小姓から渡されるが、両手で目の高さに掲げて御前に一礼する。それくらいであろうな」

隣室に控えた家士らしい若侍に一亀が目顔で知らせると、相手は一礼して部屋を出た。

「側小姓が迎えに来るので、従うように。なに、気落ちするくらい早く終わる。緊張するには及ばん、気楽にいたせ」

と言われて、初めて登城した龍彦が緊張せずにいられる訳がない。

ほどなく先ほどの若侍が側小姓ともどると、側小姓は一亀と源太夫に目礼して龍彦に言った。

「岩倉龍彦であるな」

「はい、岩倉龍彦です」

「ついてまいられよ」

言われた龍彦は二人に目礼すると、側小姓に従って部屋を出た。その後ろ姿を見ながら一亀が言った。

「これで肩の荷がおりたのではないのか」

「と申されますと」

「立川彦蔵であったか、木鶏が上意討ちで討ち果たしたのは」

「ああ、そのことでございますか」

彦蔵は再婚した夏江がすでに懐妊しており、その相手が上司の本間宗一郎であることを知っていた。生まれたのが市蔵、つまり龍彦である。武家には跡継ぎがなくてはならない。彦蔵は前妻とのあいだに子供がなかったので、知っていながら黙って受け容れたのであった。

それだけに、夏江と本間が縒りを戻したことが許せなかったのだろう。水茶屋に乗りこんで、同衾している二人を斬り捨てたのであった。

名乗り出れば姦夫姦婦の成敗なのでなんの咎めもないのだが、妻の姦通を恥じてか彦蔵は姿を晦ませた。そのため源太夫に上意討ちの令がくだったのだ。

だが、市蔵の父親が彦蔵でないことを知っているのは、源太夫とみつだけである。

「龍彦の遊学が、なによりの供養になるのではないか」

もし真実を知っていても、一亀はおなじ台詞を吐くことができるだろうか、と源太夫は思った。

「まだ、とば口に立ったばかりです。無事に学びを終えて国にもどり、いくらかでもお役に立てましたら、そこで初めて彦蔵どのを供養できたことになると心得ておりますが」

「謙虚であるな。それが木鶏の信頼されるところであろうが」

「不器用で融通が利かぬだけでございます」

「それがなによりじゃ」

芦原讃岐が同席していたときには遣り取りがずいぶんと滑らかに進んだものだが、どうにもぎくしゃくして途切れ途切れにしか進まないのがもどかしくてならなかった。緊張していることもあるのだろうが、それだけではないのはわかっていた。

そのとき源太夫は、みつに訊かれたことを思い出した。

「ところでご家老、遊学の期間はどうなっておりますでしょう」

「決まっておらんが、少なくとも一年は要しよう」

「そうしますと、長くなることも」

「二年、三年という場合もあろうな。進捗具合とか状況次第で変わることも、考えておかねばならん。それでは困ると申すか」

「いえ、そういうことではございませんが」

ぎこちない会話が続いて、気疲れしているところに龍彦がもどったので、源太夫は正直なところホッとした。

龍彦は顔面を紅潮させ、胸に錦の袋を抱き締めていた。一亀が「賜り物があるやもしれん」と言ったのは、このことだったのだ。

「父上、お声を掛けていただいただけでなく、たいへんな戴き物をいたしました」

錦の袋を見れば一目瞭然である。

「脇差だな」

「脇差です。身に余る光栄です」

「それだけ期待しておられるとのことであろう」

一亀が驚くほどのことではないという顔で言った。

別家を建てることを許され、広い敷地に道場と屋敷を建ててもらいはしたものの、扶持は組屋敷の修一郎より低いのである。通常なら多数でのお目通りが許されても、藩主は一瞥するだけで声を掛けてなどくれない。

「それにしましても、脇差を手ずからいただけるなどとは」

「遊学する者たちには、全員に与えられたはずだ」

一亀は負担を掛けまいとして言っているのだろうが、源太夫としてはそうもいかなかった。

「お口添えをいただき、まことにありがとうございました」

「わしはなにも申してはおらん。すべては御前のお考えだ」

三日後に登城して係の者から、半年間で学ぶ内容に関して、大枠の話があるとのことであった。朝の五ツ（八時）から夕の七ツ（四時）まで、びっしりと学ぶことになる。昼食は支給され、午前に二度と午後に一度茶が出て、それぞれ四半刻（約三〇分）の小休止があるとのことだ。

休日は十日に一度で、八日、十八日、二十八日となっている。ただし学びの遅れによっては休めないこともある、というものだ。

下城すると昼であった。

源太夫と龍彦が屋敷に近付くと、門から犬が駆け出して来た。二人を見ながらしきりと吠え、千切れんばかりに尻尾を振る。

「武蔵、おまえにもわかるのか」

七年前、常夜燈の辻に箱に入れて捨てられていた兄弟犬の中で、一番頼りなさそうな子犬を龍彦が拾って来た。強くなるようにと武蔵と名付けたが、その名のためかすっかり頑健に育っている。全身が明るい茶色をして、四肢と尾の先だけが白い。

その武蔵が先端の白い尻尾を振り、二人の周りを吠えながら飛び跳ねた。

門を入ったが、庭に亀吉と権助の姿はなかった。下男部屋で昼食を摂っているのかもしれない。

道場ではまだ竹刀を打ちあう音がしていたし、だれかが号令を掛けて年少組に素振りをさせているらしく、黄色い声が間を置いて発せられていた。

夏と秋が入れ替わる季節だが、南国では陽射しはまだまだ強い。唐丸籠は木陰に集められていたが、軍鶏たちが興奮せぬように適当に距離を取って置かれていた。

武蔵の鳴き声でわかったからだろう、柴折戸を押してみつと花が現れた。

その顔がパッと輝く。

龍彦が胸に抱くようにした、錦の袋の煌めきが目に入ったからだ。なにがあったか一目でわかったはずである。

みつよりも早く、花が両袖で刀袋を受け取ると、捧げるようにしながら足早に屋内に入った。

「まさかと思うたが、お目通りが叶った上、脇差まで賜った」

「名誉なことでございます。龍彦、此度は本当におめでとう」

「責任をひしひしと感じます」

「内祝いをせねばな」

二人が登城しているあいだに、みつは常夜燈の辻よりさらに東に出掛け、魚屋で鯛を買って来たとのことである。棒手振りの行商人も廻って来るが、扱っているのは鰯、鯵、鯖などと、川魚では鮠、鮒のような安価な魚ばかりであった。

園瀬は城下町なので武家屋敷が多く、祝い事があれば鯛を買う。だから魚屋まで行けば手に入ることが多かったが、折よく入荷していたのである。

その日の夜は、源太夫、みつ、龍彦、幸司と花だけで、ささやかに祝うことにした。

「すぐにあわただしくなるので、龍彦は今日のうちに松本と丈谷寺の和尚に報せておけ。狭間どのは当番か非番かわからぬので、夜、飯を喰ってからにしろ」

「はい、わかりました」

客を招いての内祝いは相手の都合もあるだろうから、龍彦の学びが軌道に乗ってから、八日、十八日、二十八日のいずれかにおこなうことにした。

六

そして龍彦の長崎遊学に向けての、下準備の第一日となった。

手控え帳、矢立、懐紙、扇子など必要な物をまとめた風呂敷包みを手に、龍彦は勇んで三の丸に出掛けた。遊学する者たちの顔合わせと、勉学の日程や段取りを知らされることになっていたからだ。

「龍彦はんとこは、こっちゃやね」

使い走りらしい若い男がやってきたのは、七ツ（午後四時）をすぎたころであった。

「そうであるが」

庭で若鶏の味見（稽古試合）を見ていた源太夫が、不作法に呆れて男を睨んだ。

「酔い潰れてしもたんやけんど、どうされますで。しばらく寝かしときますか、ほれとも引き取りに来てもらえるかいな」

「一体、どこの者であるか」

「要町の『その瀬』の者やけんど」

「えらいすんまへん。すぐ、迎えに行きますけん」

源太夫より先に言ったのは亀吉で、道場の下男部屋の裏手に置かれた大八車に走った。

「ほんなら、よろしゅうに」

言い残して男は帰って行った。

「味見は中止だ」

源太夫は手伝っていた弟子たちに命じた。なぜなら筵を丸めた土俵では、若い軍鶏たちが羽毛を散らしながら闘いを続けていたからである。弟子たちはあわて若鶏を捕まえ、唐丸籠に移した。

「わたしも行きます」

亀吉が大八車を牽いて来ると、幸司が源太夫にそう言った。

「行き先はわかっておるのか」

「要町の『その瀬』は、料理屋です」

弟子の一人が答えた。

「ちょっとは上等な見世だと聞いておりましたが、あんな者を使いに寄越すとは」

言いながら、杖を頼りに権助が床几から立とうとした。

「権助は坐っておれ」

「いえ。そうではありませんので」

権助の目は、母屋から出て来たみつに向けられていた。騒ぎを聞き付けて、なにごとかと顔を出したのだろう。

「お願いがございます。生姜と梅干を三つほど用意してください。梅干はなるべく梅肉の多いのを」

「わかりました」

言いながらみつはちらりと源太夫を見た。

「龍彦が酔い潰れたらしいのだ」

「まあ」

思わず言ってから口を塞ぎ、みつは母屋に消えた。

顔合わせとそれ以後に関する指示があると聞いていたのに、料理屋で酔い潰れたとはどういうことなのだ。しかも真昼間からとなると、源太夫にはどうにも解せなかった。

上等の見世なら、別室に寝かせて楽になるのを待つとか、酔い覚ましの手当をすればいいではないか。なのにあんな下っ端を寄越すとは、一体どういうつもりなのだ。それともそういう扱いをされるほどの醜態を、龍彦が曝したということだろうか。

「もっと早く飲ませるべきであったか」と、源太夫は権助に苦い笑いを向けた。

「まだいいだろうと思うておったが、元服をすませたのだからな」

「酒も」と、そこで言い淀んでから権助は続けた。「……も、最初となりますと、これがどうして難しゅうございます」

酒は教えることができても、女については親が教える訳にはいかぬだろう。普通はいくらか早生な仲間とか、気を利かせた先輩が教えるらしいのだが、その辺りについて青春時代を剣一筋に生きた源太夫は疎いのである。

数年すれば幸司も元服するが、となると今から考えておかなくてはならない。どうして父親というものもたいへんであるな、と苦笑するしかなかった。

「権助。用意ができましたが、どうすればいいの」

「湯を沸かしてくだされ。龍彦さまがおもどりになられたら、生姜をすって潰した梅肉と混ぜて醤油を数滴たらし、それになるべく熱い湯を掛けてよく掻き廻します。酔いにはこれが一番です」

「それにしても、権助は妙なことをよく知っておるな。だが、わしはその特効薬とやらを教えてもろうてはおらんぞ」

「旦那さまは最初から鯨飲なさらず、少しずつ量をお増やしになったからでしょう。酒に強くなるにはそれがもっともよいのですが、龍彦さまはどなたかに無理強いされたのかもしれませんね」

大八車がもどったのは四半刻ほどしてからであった。龍彦は蒼白な顔色をしていたが、感心なことに風呂敷包みを胸にしっかりと抱いていた。酔いながらも、それがいかに重要かを心得ていたからだろう。

みつが風呂敷包みを受け取った。

亀吉と幸司に支えられながらゆっくりと上体を起こし、龍彦は大八車から降りた。透かさず亀吉が、履物(はきもの)を地面に揃えた。

「父上、母上、ご心配をお掛けして」

言うなり龍彦は両手で口を塞いだ。ウゲッと変な音がしたが、すでに吐き尽くしていたからだろう。わずかな液が出て、饐(す)えたような臭いが漂った。

「八畳間に連れて行って寝かせてやりなさい」と、幸司と亀吉に命じたみつは龍彦を励ました。「しっかりなさい、侍の子でしょう。すぐお薬を作ってあげますから」

みつは母屋に駆けこんだ。

「本当に申し訳ありません」

「おだてられて、調子に乗って飲んだのだろう。そのくらいわかっておるだろうと、言わなんだのだが」

「お恥ずかしい」

「みんな、よく見ておけよ」と、源太夫は味見の手伝いや見物をしていた弟子たちに言った。「酔っぱらうと、こういう恥ずかしい目に遭(あ)わねばならんのだ」

言われた弟子たちは笑う訳にもいかず、だれもが困り切った顔になった。

権助に教えられてみつが作った酔い覚ましは、驚くほどの効き目を見せた。

真っ青な顔をして肩で息をしていた龍彦は、前日と二日続きの緊張のため相当に疲れていたらしい。八畳の表座敷に移って薬代わりの梅生姜湯を飲むと、延べられた蒲団に横臥（おうが）した。しばらくするとすやすやと寝息を立て始め、半刻（約一時間）ほど熟睡したのである。

目覚めた龍彦は、大八車に乗せられてもどったときとは別人と思うほどすっきりしていた。

夕餉のあとで茶を飲みながら、源太夫たちは龍彦の話を聞いた。

西の丸の指定された部屋に全員が揃うと、元締役（もとじめ）の本條幸政（ほんじょうゆきまさ）から話があった。

元締役は家老を補佐し、藩の財政と城内の諸事を総括する、物頭席の騎馬士五名で構成されている。家老、中老に次ぐ格で、目付より上席であった。

それだけ藩は、長崎遊学を重視しているということの表れであろう。

遊学に選ばれたのは四名で、龍彦が最年少であった。

上沢優之介（かみざわゆうのすけ）——十八歳。父は医師の上沢順庵（じゅんあん）で、遊学を終えると医師の名をもらえるとのこと。長崎では西洋医学を学ぶことになる。

細田平助――十八歳。父は蔵奉行配下の検見役に仕える小検見。父子ともに管絃に関心が強く、笛を吹き、琵琶を弾じるとのこと。長崎では文化、芸能を学ぶことになるのだろう。

角山佐武朗――十七歳。父は藩の軍学と砲術の師範角山厳聰。当然西洋兵学と砲術を学ぶことになる。

岩倉龍彦――十六歳。父は道場主の岩倉源太夫。法制を主に学ぶことになるだろう。

なお、細田平助と岩倉龍彦の学ぶ分担は決定している訳ではないとのことだ。重なる部分もあり、また機械工学や西洋の優れた技術に及ぶなど、かなり流動的であった。ということは、上層部でも医学や兵学以外の分野に関しては、よく把握できていないのかもしれない。

格からは軍学と砲術の師範は中老格なので、それを父に持つ角山佐武朗が最上位になる。次が上沢優之介で藩医は奏者役、使番、側目付などの藩主側近、それに次ぐ側小姓、奥小姓、児小姓、城内の料理方責任者の膳番に並ぶ順位となっている。

一番低いのが細田平助となるが、判断の難しいのが龍彦であった。父の源太夫は藩から与えられた剣術道場の師範なので、角山佐武朗に準ずることになるのだが、扶持から言えば細田平助と大差ない。

別格ということになるのだろうか。

元締役の本條幸政は今回の長崎遊学を決定する経緯について話し、特に能力のある若手を厳しい選考を経て選んだことを力説した。「藩の将来を背負って立つ人材として選んだのであるから、同期の同胞と協力し、落伍者の出ぬように励んでもらいたい」

とのことであった。

全員で学ぶことと個別に取り組むことがあると言ったが、八割方はいっしょに学び、しかも全体の五割が阿蘭陀語の修得のために費やされることになる。阿蘭陀を窓口として西洋を学ぶのだから、それは当然だろう。

長崎に行けば新しく入手できる書籍もあるだろうが、言葉がわからなければ必要な情報を得ることも調べものもできないのである。

本條は江戸にも長崎にも何度か行っているので、藩の中では群を抜いた西洋通であったが、それでも行くたびに新しい発見があるという。それだけ西洋の日進月歩振りは凄まじい。その中で、必要な物と不必要な物を識別する目も育まねばならないのである。

　驚きのうちに話を聞き終えたら、すでに昼になっていた。

「具体的なことは明日からになるが、今日は全員が顔をあわせたことでもあり、いっしょに飯を喰いながら、選ばれた者たちだけで大いに語りあうがいい」

　本條の提案で全員が、要町の料理屋「その瀬」に繰り出したのである。

　会席料理の見世なので、次々と料理と酒が供された。

「次々と食べたこともない料理が出されたので、名前を覚えようとしましたが、酒も出されたし、憶え切ることもできず、憶えても忘れてしまいました」と言いながらも、龍彦は指を折りながら数えあげた。「桜鯛の昆布締め、蛸の柔らか煮、湯葉の含め煮。ほかにもいろいろあったけれど」

「まあ、すごい。長崎に行くことになったご褒美なのね」

　花が無邪気に言って、自然に笑いが起きた。

「元締役さまは仕事があるからとかで、ほとんど飲まずにお帰りになられました」

「気を遣わせまいとしての心配りであろう」

「それで、せっかく選ばれたのだから互いに協力して藩のために尽くそう。ついては新しい会を発足させ、会の名を決めようではないか、とこれは上沢さんの提案なんですがね。なにに決まったとお思いですか」

言われて顔を見あわせたがわかる訳がない。結局、全員の目が龍彦に集まる。

「花園会になりました。なぜだかおわかりですか」

「わかるわけないだろう。それより、どういう決め方をして、いかなる理由で、というか事情で決まったのだ」

それぞれが自分の案を出し、なぜその名称を考えたのかを順に披瀝した。全員が考えを述べたあとで、それぞれ一番いいと思う名を紙片に書いて出して決めたのである。

「全員一致で花園会に決まりましたがね」

「もしかして、龍彦兄さんの案ですか」

幸司がそう言うと、龍彦はおおきくうなずいた。

「当たり。大当たりだ」

「龍彦はどう言ったのだ。いかなる弁を揮ったのか」

「こうです」と言ってひと呼吸置いてから、龍彦は思い入れたっぷりに語った。

「園瀬の里は花房川に取り囲まれた豊かな土地である。その豊かな土地に、われらは長崎から多くの花の種子を持ち帰ろう。園瀬の里に種を蒔(ま)いて、ここをだれもが目を瞠(みは)るような、すばらしい花園にしようではないか」

ぱちぱちぱちと花が手を叩いた。

「龍彦兄さん、すごい」

「花園会だからな、花の名前も入っているんだ。いや、なんとかして花の名前を入れようとして頭をひねったのさ」

「すばらしい名前だと思いますよ、龍彦」

みつがそう言うと花が唇(くちびる)を尖(とが)らせた。

「でも父上」

「なんだ」

「だれかに自慢してはいけないんでしょ」

「自分が選ばれなかったので口惜(くや)しい思いをしている者や、その親兄弟や友達などはおもしろくないだろうからな。人に厭(いや)な思いをさせるようなことは、慎(つつし)まなければならない」

「自分だけの心に大切に仕舞(しま)っておくことも、とても大事なことですよ。それだけ心が豊かになりますからね」

「心に花を咲かせるのね」

「そうですよ。花が咲けば咲くほど、心は豊かになります。だってあなたは花そのものなんですから」

「龍彦。どうだ、今夜はぐっすりと眠れるだろう。明日からは厳しい学びが続くからな、弱音(よわね)を吐くでないぞ」

「大丈夫です」

自信たっぷりに言った龍彦は、幸司と花をうながすと両親に頭をさげた。

「父上、母上、お休みなさい」

三人の声がぴたりとあった。

「ああ、お休み」

「お休みなさい」

子供たちが去ったが、夫婦は黙ったまま坐り続けた。言葉はいらなかった。なくても心が通じあったからだ。

軍鶏(しゃも)の里

一

雲ひとつない青空のもと、堀江丁にある岩倉家の母屋と道場のあいだに拡がる庭に、二十人を超える男たちが集まっていた。どの表情も明るく期待に溢れ、いかにも楽しそうである。

庭のあちらこちらに唐丸籠が置かれ、その中ではまだ若い軍鶏が細くて長い頸の蓑毛を輝かせながら、ときおりルルル、ロロロと低い啼き声を漏らす。男たちが持ち寄った若鶏を唐丸籠に入れるため、いつもはふんだんに陽光を浴びている源太夫の軍鶏たちは、鶏舎に入れられたままであった。

源太夫は月に何日か、このような場を設けていた。

ほぼ並べて置かれた床几に腰をおろした源太夫と権助が、若鶏の味見（稽古試合）の準備をする男たちを見ていた。中心となって働くのは、権助の弟子の亀吉である。十六歳になったこの若者は、今では軍鶏に関する一切を任されていた。

亀吉を手伝うのは、これまでは源太夫の養子で今年元服して市蔵から名を改めなっていた。

た龍彦であった。ところが長崎遊学が決まったので、実子の幸司が手伝うようになっていた。

それまでの幸司は亀吉や龍彦を手伝わず、味見や鶏合わせ（闘鶏）が始まると、ひと言も喋らず、ひたすら軍鶏たちの闘いぶりを観察していたのである。

権助が源太夫に話し掛けた。ところがいざ手伝うと、思っていた以上に楽しいらしい。

「まるで夢のようでございますね」

なにが言いたいのだという目で、源太夫が下男を見た。

「旦那さまが軍鶏の雛といっしょに、江戸からおもどりになられて」

いっしょにおもどりではなく、連れもどってだ、と言いたくなるが口には出さない。これまでに何度か訂正したが、半年、一年をすぎると、おなじことを繰り返すからだ。

権助にとっては軍鶏と人は同格、むしろ軍鶏を格上に見ているらしい。もっともそれは源太夫にとってもおなじかもしれなかった。

軍鶏は鋭い嘴と蹴爪で死力を尽くして闘う。力量に差がなければ、血を流しながら双方がふらふらになっても闘い続けるのであった。

だが激しい攻防は、弱者が限界を感じた瞬間、唐突に終わることもある。

ほとんどの勝負は次の三つで決した。

闘争心を喪って蹲る。

クーッ、コーッなどと悲鳴をあげる。

闘いの場から逃げ出す。

勝った軍鶏は、敗北を喫した相手をそれ以上は攻撃しない。実に潔いのである。

軍鶏に劣る人間のなんと多いことか。

もっともたまにだが、三つに当てはまらないこともあった。跳びあがって落下しながら全体重を掛け、両脚の内側に突き出た蹴爪で相手の顳顬を左右から挟むように叩き付けると、即死することがある。

いわゆる蹴殺しだ。

源太夫は江戸勤番のおり、さる大身旗本の屋敷で鶏合わせを見せられた。何度目かで蹴殺しに遭遇し、軍鶏に、そして蹴殺しに心を奪われてしまったのだ。

「かれこれ三十年になりますかね」

もう、そんなになるのか。まさに光陰矢の如しであるなと、感慨深いものがあった。
「あのころは軍鶏を飼う者はほとんどいませんで、いたとしても内緒で飼ってい
たものです」
隠していても、朝になると雄鶏が時を作るのでわかりそうなものだが、ほとん
どの家が敷地内で野菜を育て、卵を得るために鶏を飼う者もいた。啼き声だけで
は軍鶏か鶏かわからない。
「それが、いつの間にか軍鶏の良さがわかる人が増えまして」
「たしかに、あのころは軍鶏を飼うのは変わり者で、どことなく冷ややかな目で
見られたからな」
「今では園瀬の里でなく、軍鶏の里でございますよ」
「軍鶏の里、か」
源太夫が軍鶏を飼っていることが知られるようになったのは、三十代の半ばを
過ぎてからであった。もっともごく一部の者にかぎられていた。当時は軍鶏に関
心を抱く者など、ほとんどいなかったのである。
呉服町の太物問屋「結城屋」の隠居惣兵衛が訪ねて来たのは、源太夫が三十八
歳の齢であった。惣兵衛もまた、秘かに軍鶏を飼っていたのである。そして二人

はたちまち意気投合した。

四十歳になった源太夫に一大転機が訪れた。

商人と結託して藩を私物化していた国家老稲川八郎兵衛を除くため、裁許奉行だった九頭目一亀のもとでごく少数の藩士が秘密裡に動いていた。そしてたしかな証拠を摑むと、中老の新野平左衛門が在府中の藩主九頭目隆頼の側用人に密書を送った。それを託されたのが源太夫である。

稲川が放った刺客を討ち果たし、密書を無事江戸に届けたことで源太夫の剣名は一気に高まった。闘鶏から編み出したという、秘剣「蹴殺し」を使うことが知られるようになったのもそのころだ。

翌年、源太夫は岩倉道場を開いたが、そのころには軍鶏侍の渾名を知らぬ者は、園瀬の里にはいなかった。

軍鶏を飼う藩士は十年ほどまえから現れ始めたが、盛んに交流がおこなわれるようになったのはここ数年のことである。

権助がそれに果たした貢献は、計り知れないものがあった。

軍鶏は胸に幅と厚みがあり、腿が太く脚が長い。

牝鶏は翼が体の割合からすれば短く、うまく卵を孵すことができないのである。そのため適度な温度を保てるようにした特製の箱に入れて孵化させるか、鶏の牝に抱かせる。権助は、ちいさくて脚は短くても、体に比しておおきな翼をもった矮鶏に抱かせていた。

一度に八個から十個を抱かせるが、孵化した雛のうち闘鶏用に一羽残せればいいほうであった。凡庸な軍鶏の処分は権助の役目である。理由はどうあれ殺生であるから、できれば避けたい。

権助がまず目を付けたのは、道場に通う源太夫の弟子たちであった。朝は稽古を付けるので、源太夫が鶏合わせや若鶏の味見をするのは午後である。

源太夫が軍鶏の動きから秘剣を編み出したことを知らぬ弟子はいないので、筵を丸めた土俵で軍鶏たちを闘わせると熱心に見学する者が多い。

また闘鶏には二人の介助が必要なので、弟子のだれかが権助を手伝うことになる。そして何度も手伝っているうちに、次第に軍鶏が一羽一羽ちがうこと、性格や闘い方がさまざまであることを知るのであった。

「強い軍鶏は美しく、美しい軍鶏は強い」

これは源太夫に軍鶏の素晴らしさを教えた大身旗本の言葉で、源太夫もたびたび口にする。

「強い軍鶏は美しく、美しい軍鶏は強い」

軍鶏に見惚れている者がいると、権助もそう語り掛け、そして続けるのである。

「なぜだかおわかりですか。ええ、そうなんですよ」とまるで相手の考えを代弁するように、自分の思いを語るのであった。「動きが鋭いので、敵の嘴や爪の攻撃を躱せますし、攻めが早いので短時間で相手をやっつけられます。羽根が抜けたり折れたりしませんからね。ですから強い軍鶏はきれいなままでいられます。羽根が生え変わったときはどの軍鶏も美しいですが、何度も闘いを繰り返しながら、春の終わりから夏に掛けてもきれいなままでいられる軍鶏は、強いからこそなのですよ。中には首から胸前、下腹まですっかり抜けて丸裸になるのもいます。もっとも、そうなるまえにほとんどは軍鶏鍋ですがね」

軍鶏の毛色は何種類かある。

一番ありふれたのが、猩々茶と呼ばれる赤味掛かった褐色である。そして青っぽい緑色と白い羽毛に覆われた白笹あるいは銀笹、黒一色の烏、白と黒の羽毛を撒き散らしたような碁石、またそれらの混ざりあったものなど、実に多様であった。

おなじ猩々茶にしても、色の濃いのから薄いの、明るいのから暗いのまで、おなじように見えても微妙にちがっている。

だがだれもが魅了されるのが、何者をも射抜くような鋭い目と、均整の取れた立ち姿だろう。分厚い胸と太くて長く逞しい脚。その脚の上半分は羽毛に、下半分は鱗に覆われている。

「あの銀笹は惚れ惚れしますね。まちがいなく、いい軍鶏に育つと思いますよ」

いっしょに見ている者がどれか一羽に興味を抱いたとわかると、権助はさり気なくその軍鶏を褒めた。

「旦那さまが残そうかどうか迷っているくらいですから十分な素質があるはずですが、もしお気に入りでしたら、頒けてもらえるよう頼んであげましょうか」

源太夫が残すかどうか迷っているとすれば、十分な素質があるとは言い切れないのだが、権助が話すとそのように聞こえないのがふしぎである。

「そうは言っても簡単には飼えぬであろう」

内心で快哉を叫んでも、権助はそんな気配は噯気にも出さない。

「ここのように常に二十羽前後、それに雛や若鶏が十羽二十羽とおりましたら大変ですが、一羽二羽ならそれほどでもありません」

とさり気なく前置きして、餌の作り方や与え方、世話の仕方、注意点などをわかりやすく話すのであった。

「なにかありましたら、ひと言おっしゃってください。なんだってお教えしますよ。なにしろ三十年も、軍鶏の世話をしてまいりましたですからね。権助めを軍鶏の生き字引、などと言ってくださる方もいらっしゃいます。それは褒めすぎで、生き地獄がいいとこでしょう」

笑わせることも忘れない。そろそろ傘寿だろうに、口だけは相も変わらず達者であった。

権助が相手の気持に副って持ち掛けるのを聞いたことがあるが、話の運び方の巧みさに源太夫は自分の下男ながら感心したことが何度もあった。

「松は男の立ち姿と申しますが、軍鶏は朝陽に向かって野に立つ武士でございますね。ご存じでしょうか。軍鶏が歩いて行きますと、まえから来た犬や猫が道を避けるのですよ。あの鋭い目に睨まれたら、自然とそうなるのでしょう。なにしろ闘うために生まれて来た剣士そのものですから」

また、こんなことも言っていた。

「軍鶏の鶏冠は硬くてちいさいですが、なにかに似ているとお思いになりませんか

か。ええ、お考えのとおり胡桃(くるみ)にそっくりです。胡桃鶏冠(くるみざか)と呼ばれていまして
ね。薄くてぺらぺらしていたら、まず敵に銜(くわ)えられ振り廻されます。軍鶏はまさ
に闘うために生まれてきた、鳥の中の鳥なのです」

　権助は以前なら処分していた軍鶏を、飼ってもらうように巧妙に仕向ける。もちろん、源太夫の弟子だけではない。軍鶏に魅せられた者には、よほどのことがなければ与えていた。

　大工の留五郎(とめごろう)などは、暇があれば顔を出して軍鶏を見ている。根っからの軍鶏好きということもあって、源太夫はかなり素質のある雛を与えることもあった。そのため、かつては駄鶏ばかりであったが、近ごろでは少しは軍鶏好きのあいだで、名を知られるようになっていた。

　中にはもらったその夜、仲間と軍鶏鍋にして舌鼓(したつづみ)を打った不届き者もいたようだが、権助は知っても知らぬ振りをしている。本来、自分がしなければならなかった殺生を、代わってやってくれたのだと思っているのかもしれなかった。

　そのようにしていつの間にか権助は、園瀬の里を軍鶏の里に変えてしまったのである。

飼い始めると情が移るのだろう、だれもが自分の軍鶏を自慢したくなるらしい。また人がどういう軍鶏を育て、それがいかなる闘い方をするのか、どのような訓練をしているのか、特殊な鍛え方をしているのではないだろうか、などが気になって仕方がないようだ。

二

それもあって頻繁に訪問しあい、軍鶏談議に花を咲かせるのであった。自分の軍鶏を自慢しあううちに、だったら闘わせてみようとなるのが自然の成り行きだ。

権助やそのやりかたを引き継いだ亀吉は、準備を整えてから鶏合わせをおこなう。筵を二枚縦に繋いで円にして立たせた土俵、時間を測るための線香、それに火を点ける熾火、顔に霧を吹き付けるための水を入れた土瓶もかならず用意した。

汗を掻かない軍鶏は口を開けるしか体温をさげる方法がないので、闘いのまえに口に水を含んで霧を顔面や頸、そして胸前に吹き掛け、口をおおきく開けて土瓶の水を直接咽喉に流しこむ。

戦いが終わった軍鶏は鶏舎に入れて、表に筵を掛けておいた。あるいは唐丸籠に入れ、編んだ簀や分厚い布で籠全体を覆っておく。興奮を鎮め、刺激を与えずに体力の回復をはかる必要があるからだ。

もっともそのような準備を整えなくとも、軍鶏はいつでもどこでも闘う。庭先でも露地でもいいのである。

背後から両掌で、翼を包みこむように摑むと軍鶏は抵抗しない。二羽を向きあわせ、けしかけて地面におろすと同時に、双方が跳びあがって鋭い爪で相手の顔面をねらい、嘴で激しく突きあうのだ。

勝てばだれだってうれしいし、負ければ口惜しい。

自分の軍鶏を勝たせるためには、少しでも強いのがほしくなる。となると一羽や二羽では満足できないし、牝鶏に卵を産ませて雛から育てたくなるのが人情というものだ。このようにして、いつしか深みに嵌まってしまうのである。

軍鶏好きたちの集まりは、園瀬の里のあちこちでおこなわれているが、そのもっとも大規模なのが岩倉家の庭であった。

なにしろ集まる数が多いので、のちに名鶏となる若鶏が含まれていることもある。河内とか紀州、あるいは土佐などで求めた軍鶏やその雛を持参する者もいた。ほかではお目に掛かれぬ若鶏を見る、絶好の機会なのだ。

それらを見るだけでも、軍鶏好きにとっては眼福と言えた。

この日の午後も、軍鶏好きな連中が集まっていた。それも武士だけではない。商人や職人、裕福な百姓などの姿もあった。同好の士となると、いかに良い軍鶏を育てているかが評価されて、身分や階級は二の次となる。

夏の終わりから秋に掛けて、成鶏は換羽期に入るので鶏合わせをさせない。それまでに何度も闘いを繰り返した成鶏は、胸前や頸の毛が抜け落ちて肌がぶつぶつと、まさに鳥肌状態になっている。

そのため刻んだ菜と糠を水で練り、蜆や蜷などの貝を細かく砕いて混ぜた餌を与えた。そして体力の回復と、いい羽根が生えそろうのを待つのである。

またこの時期は、牝鶏と番わせなかった。生え換わる羽根に養分を取られるためだろう、孵化した雛がどうしてもひ弱になって、いい軍鶏に育たないことが多いからである。

若鶏の羽根は、あまり抜けたり折れたりしていない。それほど闘いを経験していない上に、一回の勝負時間を短くしているからであった。

成鶏になるまでのあいだ、若鶏には絶えず相手を変えながら味見を繰り返させる。速攻型か、攻めさせてそれを躱すことで体力を消耗させ、敵の疲れを待って一気に攻めるのか、おおきな体でもたれかかって相手を疲れさせるのか。体形や羽根色がちがうように、攻防にもそれぞれ個性があった。

味見は変化に富んだ相手と闘わせて、個々の特質を把握（はあく）するにはもっともいい方法だろう。利口な軍鶏は相手の効果的な攻めを取り入れて、自分の技に組み入れてしまうのである。そのためにも味見は有効で、一気に技が多彩になることすらあった。

人にはそれぞれ好みや個性がある。同好の士の集まりで、自分の好みの若鶏に巡りあえるのはありがたい。相手もおなじ気持ちでいれば、簡単に交換が決まることもあった。場合によっては執拗（しつよう）に頼みこみ、ねらいの一羽と自分の二羽を取り換えることもあるようだ。買い取りを申し出る者もいる。

源太夫は交換することはあっても、軍鶏の売買は一切しないことにしていた。勝負に金を賭（か）けることもだ。

だから弟子たちも師匠に倣（なら）って、売買や賭け勝負はやらない。ただしそれは建前で、あるいは隠れてやっている者もいるかもしれなかった。

源太夫は賭けないが、人が賭け勝負をしても咎めない。それが弟子であってもである。しかし、「ほどほどにしておけよ。まかりまちがっても、高が軍鶏のことで命の遣り取りをするような愚かなことはするでないぞ」と、釘だけは刺しておいた。

「用意ができました」

亀吉が源太夫にそう告げた。

「ご苦労」と亀吉を労ってから、源太夫は立ちあがると男たちに告げた。「それでは始めたいが、若鶏の味見ゆえ三分とする。組みあわせはいつもどおり籤で決めたい」

男たちが集まると、上に拳を入れられるほどの丸い穴が開いた木箱を亀吉が差し出した。順番に腕を突っこんで紙片を取り出し、一番から順に同番号を引き当てた同士が、自分の若鶏を闘わせるのである。

成鶏は何度かの闘いで、それぞれの力量の見当が付く。イとロを闘わせる場合、イがロより力が上と両者が認めると、一本とか半本、あるいは三分の一などと決める。強豪同士では一本半とか二本ということもあったが、そういう勝負にはまず金が賭けられていた。

線香が灰になるのは四半刻（約三〇分）なので、一本と決めた場合、ロが持ち堪えたらロの勝ち、持たなければイの勝利となった。

若鶏の味見は半分か三分の一が多いが、前者が十五分、後者は十分の計算だ。

「みなさん、引き終わりました」

亀吉にそう言われた中藤晋作は、矢立から筆を取り出すと帳面を開いた。弟子の一人で、なかなか軍鶏を見る目のある若者だ。

岩倉家でおこなわれる鶏合わせと味見の結果を、源太夫は記録していた。飼い主や個々の軍鶏の記録という意味もあった。相撲で言えば前相撲から始まって、次第に力を付け、十両、幕内、小結、関脇、大関と地位を上げていくのが一目瞭然となる。記録が少ないあいだはともかく、多くの記録が溜まれば、そこになんらかの傾向が現れるのではないかと源太夫は期待していた。

記録するのは対戦する二羽の飼い主の名、軍鶏の名、勝負形態、勝敗、決まり手だ。

それまでは軍鶏に名前などなかった。よほど強いか、個性的な闘いぶりに対して渾名で呼ばれるくらいだ。しかし記録するには名前が必要なので、飼い主に決めてもらったのである。

それぞれ思い思いの名前を付けていたが、やはり強そうなのに人気があって、『三国志』や『水滸伝』などに登場する英雄豪傑、相撲取りや俠客の名、講談や神話の人物、平将門とか崇徳院のような怨霊の名さえ現れた。強そうな名ならなんだっていいのである。

中にはとても強いとは思えない、光源氏のような物語の主人公の名もあった。

勝負形態は一本、半分、三分などの線香で決める試合時間、決まり手は勝負がどのように決まったかで、蹲踞（蹲る）、悲鳴、逃亡であった。もっとも時間が短いので勝負が決することはほとんどなく、大半が引き分けだが、優劣が明らかな場合のみそれを記した。

「では始めたいと思いますが」と、中藤晋作が全員に言った。「一番はどなたでしょう」

「てまえでございますが」と、惣兵衛が戸惑い顔で言った。「それが二枚とも一番でして」

何羽も飼っていると、なるべく多くの若鶏を味見に出したいが、時間にかぎりもあるので、一人二羽までと決めていたのである。惣兵衛が引いた二枚が、偶然にも一番同士だったということだ。

「であらば結城屋、その二羽を闘わせるしかなかろう」

だれかが笑いながら言ったので、惣兵衛は情けなさそうな顔になった。自慢の二羽を、ほかのだれかの軍鶏と闘わせられないなら、せっかく下男に運ばせた意味がない。

惣兵衛は源太夫より多くの軍鶏を飼っているので、自分の庭で若鶏の味見も思いどおりにできるのである。だから異質な闘い方をする若鶏との他流試合を、楽しみにしていたはずだ。落胆するのもむりはなかった。

「では結城屋はひとまず置いて、二番にまいりたい」

「みどもである」

「佐久間さま。軍鶏は韋駄天でしたね。お相手は」

佐久間に確認してから、中藤は一同を見廻した。

「すんません、あっしで」

「留五郎か。軍鶏は与太郎であったな」

ぷふッと笑いを漏らして口を押さえたのは、惣兵衛であった。韋駄天は猛烈な走りで知られる天竺の神さまで、与太郎は愚鈍でのろまな者の代名詞である。名前からしても、これほど珍妙な組みあわせはないだろう。

「では始めていただこう」

言われた佐久間と留五郎が、それぞれ自分の愛鶏を唐丸籠から出して、土俵脇で準備を始めた。味見は時間が短いので霧を吹き、水を咽喉に流しこむ手順は省かれる。

それぞれが両掌で背後から翼を摑んだ軍鶏を、顔を突きあわせて闘争心を煽り、審判役の亀吉の合図にあわせて土俵内の地面におろして手を離した。

「あッ」とだれかが声をあげたが、思いもしない運びとなったからである。

三

普通なら双方が頸の蓑毛を、振り廻した纏の馬簾のようにふわッと膨らませて、同時に跳びあがり、目まぐるしく蹴りあい突きあうものだが、それをしないでただ睨みあっているのだ。それだけで、この二羽の若鶏が並々ならぬ素質の持ち主だとわかる。

韋駄天と与太郎は相手を睨み付けたまま、丸めた筵に沿ってゆっくりと円を描いて歩き始めた。

男たちは目を輝かせて二羽の若鶏を見ている。劈頭から息詰まる対決が見られるとは思っていなかったからだろう、だれもが興奮して顔を紅潮させていた。歴戦の猛者の中には相手を呑んで掛かって、悠揚迫らぬ態度を見せる軍鶏がいないでもない。しかし若鶏がそれも二羽ともに、静謐と言っていいほどに落ち着いていられるものだろうか。

相手の眼光に射竦められて動けない、というのではない。韋駄天と与太郎はまったくおなじ歩幅で、調子をあわせるように悠然と歩いていた。でありながら空気は張り詰めて、まさに一触即発の状態である。一瞬の隙に乗じて、強烈な攻撃が加えられることは必至であった。

見ている男たちの興奮は弥増すばかりで、瞬きさえできずに見守っている。うっかり瞬こうものなら、その刹那に勝負が決まるかもしれない。そう思わせるほど張り詰めていた。園瀬の軍鶏好きのあいだで語り種になるにちがいない名勝負の、その瞬間を見逃すほど不名誉で哀しいことはないではないか。

土俵の径は四尺（約一二〇センチメートル）ほどしかない。二十人を超える人数なので、場所によっては三列になって取り囲んでいた。最前列の男たちは腰を屈め、筵の上端に顎が来るくらいになって見ている。二列目は中腰が多いが、三列目は背伸びするようにして見ている者もいた。だれもが不自然な姿勢のままなのに微動もしなかった。

権助は特権的に最前列で、床几に坐って観戦していいとされていた。

韋駄天と与太郎が、まるで示しあわせたように、同時に立ち止まった。

緊張が走る。

なにも起こらないはずがない。

手に汗を握る。

次の瞬間、闘いの火蓋が切られるはずであった。

だが、いつ、どのようなきっかけで。

その場に居合わせた者の多くは岩倉道場で学ぶ、あるいは学んだ者たちである。

攻めに移る瞬間にはかならず兆候があるのを知っているので、なんとしてもそれを見たい、見付けてやると凝視している。

絶対に兆しがあるはずだ。そして必殺の技が繰り出されるだろう。

どんな戦いになるのか。

固唾を呑む。

息が詰まる。

ふーッと吐息が漏れた。

予想を裏切って、二羽がなにごともなかったように歩みを再開したのである。双方が相手に針で突いたほどの隙も見せなかったのだ。

しかし見守る男たちの、緊張の糸が切れることはなかった。むしろその度合いが高まったのがわかる。

二羽は歩幅を変えることなく、同時に脚をあげ、そしておろす。その反復で、寸毫の狂いもない。二十人を超える男たちが息を詰めて、釘付けとなり、目を奪われていた。

いつだ。

なにをきっかけに、そしてどちらが仕掛けるのか。

韋駄天か、それとも与太郎か。

どっちだ。

同時にか。

これだけ一糸乱れぬ、まるで鏡に映ったように相似した行動を取るのである。力が拮抗しているからだ。となると、同時に攻撃するとしか考えられぬではないか。

男たちの思いを知ってか知らでか、二羽の若鶏は乱れることなく歩み続けた。

これはまさに真剣勝負である。見ている者のほとんどは、真剣で立ちあったことはないはずだ。しかし息詰まる勝負の凄まじさは、感得できたにちがいない。

若鶏は歩く。

ゆっくりと歩く。歩き続ける。

全身を、研ぎ澄ました刃と変えて歩く。

ただ、歩く。

ひたすら、歩く。

歩き続ける。

「時刻です。線香、燃え尽きました」

亀吉の言葉に、二十人あまりが体を揺らめかせ、一斉に息を吐いた。

「なんと」

思わずだれかが言葉を漏らしたが、その場の全員の思いであったことだろう。

そのひと言にすべてが集約されていた。思いが籠められ、付け加える必要はなかったのだ。

亀吉が時間切れを告げると同時に、佐久間と留五郎が両腕を伸ばした。そして背後から愛鶏の翼を、両手で抱えるように包みこんだのである。

二人とも足早に、先ほどまで入れておいた唐丸籠に向かった。だれかが駆け寄って籠を持ちあげた。若鶏が地面におろされると、籠で伏せて重石(おもし)で押さえる。

若鶏は翼を拡げると、何度もおおきく打ち振った。長く強いられた緊張で痼(しこ)った筋と肉を解(ほぐ)したのである。

それを見た佐久間と留五郎の顔から、ようやく緊張の色が消えた。二人はなにも言わずに、顔を見あわせたまま何度もうなずいた。

顔を火照(ほて)らせた亀吉が、闘いを終えた若鶏の籠に筵を立て廻した。幸司がもう一羽の籠におなじことをした。

周りから一斉に声が掛けられる。

「それにしても、お二人ともいい若鶏を得られましたなあ」

「どれほどの大物に育つことやら」

「園瀬の里の龍虎として、このあとも名勝負を見せてくれるであろうよ」

「本当に若鶏であるか。疑う訳ではないが、とても信じられぬ」

「疑うておるではないか。ま、むりもないがな」

笑いが弾けた。だれの思いもおなじだったからだろう。とても若鶏とは思えぬ、まさに経験豊かな成鶏の貫禄(かんろく)であった。

それまでの緊張が一気に解れたからだろう、反動のように声が溢れた。めいめいが思い思いのことを言うので、騒々しいばかりで取り留めない。やがて佐久間と留五郎に、矢継ぎ早に問いが集中した。どこで手に入れたのか、特別な鍛え方をしているのではないのか、などなど、である。

次の勝負に進めないので、どうしたものかと中藤晋作が源太夫を見た。もう少しそのままにしておいてやれ、とでも言うように源太夫はうなずいた。

たしかに衝撃的な新星の登場で、だれもが驚き興奮しているが、その面々も自分の若鶏を連れて来ているのである。当然、考えはそこに帰結するはずだ。だれの思いもおなじらしく、潮が引くように静かになった。

「次に進みたいと思いますが、よろしいですね」と、待っていたように中藤が全員に告げた。「三番の籤はどなたでしょう」

頭が半白の武士草壁一平太(くさかべいっぺいた)と、まだ十代と思(おぼ)しき若侍笈田広之進(おいたひろのしん)が名乗り出た。

権助が、まさかという顔になって笈田を見た。若侍は端整な顔立ちをしていたが、気負いからか頬は紅（あか）く染まっていた。

中藤が二人と軍鶏の名を確認し、さっそく味見が始められた。

これまた男たちの意表を衝（つ）く、驚きの勝負となった。

韋駄天と与太郎のときとは対照的な試合運びで、笈田の琥珀（こはく）はがむしゃらに攻撃を繰り出したが、いいように翻弄（ほんろう）された。いくら仕掛けても、相手はいとも簡単に外し、楽々と躱して涼しい顔をしているのである。

琥珀が突然に、土俵の中央で棒立ちになった。

隙だらけなのを見て草壁の鉄（くろがね）が攻めようとした瞬間、笈田の若鶏は悲鳴をあげながら、脱兎（だっと）のごとく逃げ、逃げたばかりか土俵代わりの筵を駆け登ろうとしたのだ。それを見た鉄は追おうともしない。

笈田はあわてて琥珀を抱きかかえようとしたが、若鶏がもがいたために、頬に三筋の赤い線が入った。蚯蚓腫（みみずば）れとなるにちがいないと思う間もなく、血が流れ始めたのである。

失笑が起きた。

「軍鶏は飼い主に似るというが、まさにそのとおりであるな」

無慈悲な言葉に追い討ちを掛けられ、嘲（あざけ）られた笈田は耳まで朱に染めた。運んで来た籠に琥珀を入れると、逃げるようにその場を去ったのである。

「少々きつすぎやしませんですかね」と言ったのは、結城屋の惣兵衛であった。

「せっかく軍鶏を好きになったというのに、あれじゃ」

「いや、てまえのせいです」と、権助が悲痛な面持ちで言った。「ひと言だけ言っておくべきでした。まさか味見に出そうとは、思ってもいませんでしたので」

「権助がやった雛だったのかい」

だれかがわかり切った問いを発すると、苦渋に満ちた顔で権助はうなずいた。

「軍鶏の世話の仕方を憶えてもらうには、最初はおとなしいのが扱いやすかろうと思って差しあげたのです。とても味見に出せるような若鶏ではありませんなんだ。慣れたころに軍鶏らしい若鶏を、と。先ほど中藤さまが三番籤はと言われたとき、笈田さまが名乗り出たのでまさかと思ったのですが、後の祭りでした」

「事情を話して、次はまともな若鶏を与えるしかなかろう」

「はい。そのつもりですが、軍鶏なぞ見たくなくなったかもしれません。それより、ここにいらっしゃるでしょうかね。すっかり恥を掻かされたと思っておいででしょうから」

「次に移りたいと思います」と、重苦しくなった空気を断ち切るように中藤晋作が告げた。「四番の籤はどなたでしょうか」

最初は飼い主が同一人、そして二番目が睨みあい時間切れ、続いて逃亡。特異な試合が続いたので、一体どうなることだろうとだれもが思ったのではないだろうか。

しかしそのあとは、それぞれの若鶏が持ち味を発揮して、成果のある味見の会となったのである。

四

若鶏の味見の集まりが終わり、軍鶏好きたちは満足して帰って行った。

不運な籤を引いて嘆いていた結城屋の隠居惣兵衛は、二羽のうち一羽が闘う機会を得られた。笈田広之進の琥珀を軽くあしらったためまるで疲れていない草壁一平太の鉄との勝負が叶い、見事な闘い振りで面目（めんぼく）を保つことができたのである。

あわただしく跡片付けを終えると、亀吉は軍鶏に餌を与え、水を新しく入れ替えた。ところがそれで終わらず、大八車を引き出したのだ。

軍鶏の餌は糠と刻んだ大根の葉、ハコベラなどに水を加えてよく練って与える。換羽期や卵を産ませる牝には、砕いた貝殻や泥鰌などの小魚をぶつ切りにして餌に練りこんだ。

雛や若鶏を含めるとかなりの数になるので、源太夫の軍鶏たちは糠を多量に消費することになる。

上意討ちの相手の子市蔵が孤児になったので、源太夫とみつは引き取って養子にした。それを知った搗米屋のあるじが、源太夫の心意気に惚れたのか、取りに来てくれるならというのを条件にタダで提供してくれていた。

糠だけでなく、砕けて売り物にならぬ屑米なども取っておいてくれた。大八車に叺を積んでもらいに行くのも、今では亀吉の役目である。

「糠なら、なにも今日でなくともよいぞ。疲れたであろう、一休みせよ。それにこの時刻だと相手も迷惑だ」

気付いた源太夫が声を掛けたが、もごもごとなにか言ったかと思うと、亀吉は大八車を道場と板塀のあいだの空き地に入れた。しかも前後を逆に、柄を手前にして押して行ったのである。

西隣りとの境になった生垣に近い道場の、西北隅は権助と亀吉の下男部屋となっている。亀吉は一度屋内に入ると、座布団を手に出て来た。そして大八車に載せたのである。

　どうやら糠をもらいに行くのではないらしい。源太夫がそれとなく見ていると、杖を頼りに権助が出て来た。しかも羽織を着て袴まで穿いていたのだ。手を取って亀吉が車に乗せようとしていたが、そのための座布団だったのである。恰好を見れば、権助がなにを考えているかはだれだってわかるはずだ。

「広之進にはわしが話す」

　二人が驚いて源太夫を見た。

「ですが旦那さま。こればかりは、てまえが行って話しませんことには」

「広之進はわしの弟子だ。軍鶏だけの問題ではない。笈田どのの大事なご子息を預かっておるのだからな、筋は通さねばならぬ」

「てまえがご本人に直に謝りませんことには、納まりが付きませんで」

　叱られる一歩手前で抑えながら、主人の源太夫に減らず口を叩くことさえある権助の、これほど潮垂れた顔を見るのは初めてであった。軍鶏好きたちの目のまえで、広之進がいかに辛い思いをしたか、わがことのように心を痛めているのである。

「権助の気持がわからぬほど、わしも鈍くはないつもりだ。思うところがあるので、ここは任せろ」

「へえ」

「わいもそのほうがええと思う」と、亀吉が土地の言葉丸出しで言った。「先生にお任せするんが一番じゃ、権助はん」

言われて亀吉を見、それから源太夫に目を移し、権助はうなだれた。

「せっかく軍鶏を好きになったのだから、広之進にはもっと好きになってもらわねばならぬ。案ずるな。やつの顔が立ち、胸を張って生きていけるようするのが師匠の責務だ」

ぽたぽたと音がした。俯いたまま泣いているのである。

亀吉が権助の肩をそっと抱いた。

「権助」

源太夫の呼び掛けに、権助は湿った声で応えた。

「へえ」

思わずあげた顔は涙で濡れたままで、下男はそれを拭おうともしない。

「おまえのお蔭で、圭二郎は立ち直ることができた。広之進はわしに任せてくれ」

「へ、へえ。よろしく願いやす」

「さ、権助はん。先生にお任せして、少し休も」

亀吉は権助の体を、ゆっくりと下男部屋に向けた。そして源太夫にうなずいて見せた。

それにしても権助は良い後継者を育ててくれたものだ。軍鶏だけではない、人のことが良くわかっているので源太夫も安心だった。いや、軍鶏がわかるから人もわかるのだ。それは権助が証明しているではないか。

「飯を喰ってから出掛けるので帰りは遅いが、楽しみにして待っておれ。もちろん先に寝てもかまわんぞ」

「ご都合を伺いもせず、夜分にお邪魔して申し訳ござらぬ」

妻女に入れ替わって出て来た笈田栄之進（えいのしん）に源太夫が挨拶すると、相手は怪訝（けげん）な色を浮かべながら言った。

「倅（せがれ）が道場で、なにか不始末をしでかしたのであろうか」

書院番の栄之進は、四十になったかならぬかという年齢であった。岩倉道場のあるじが夜になって訪れたのだから、息子のことだと思って当然だろう。

「いや、そうではござらぬ。ちと、話し足りなかったことがあったのを思い出して、迷惑は承知の上で寄せてもろうたのだが。お出掛けであろうか」

「あ、いや。暫時お待ちくだされ」

納得した訳ではないだろうが、玄関でとやかく訊くのは礼を失すると思ったのだろう。栄之進は会釈して姿を消した。

二人の反応から見るかぎり、広之進が両親のまえで取り乱すとか、家族が心配するような変化は見せていないということだ。若鶏の味見の会のことは、話していないのかもしれない。

「先生、一体」

足早に廊下をやって来た広之進は、源太夫がにこやかに笑い掛けたので、いくらか混乱したようであった。

「顔を見たくなったのだ。よいか」

「は、はい。どうぞ」と、先に立った。「亀吉でも寄越していただきましたら、すぐ伺いましたものを」

廊下を曲がって少し先の六畳間が、広之進の居室であった。読書をしていたらしく、机上には開いた本が伏せてあった。

「書見中に邪魔をしたようだな」

広之進とおなじ年輩の家士が、茶を置くと一礼して辞した。

ひと口喫すると、源太夫は湯呑を置いた。

「書見をしていたのなら、案ずるほどのことはなさそうだ」

「どういうことでしょう」

「きついことを言われたので、相当にまいっておるだろうと思うたのだが」

「事実ですから、なにを言われてもしかたありません」

「口惜しくはないか」

それには答えず広之進は俯いてしまったが、唇を噛み締めているのがわかった。口惜しくない訳がないのだ。

「軍鶏は飼い主に似るという」

広之進が一番聞きたくないことを、源太夫は敢えて言った。言っただけではない。言い終えても、若侍の目を見据えたままでいた。

きッとなって顔をあげた広之進は、源太夫の視線に思わず目を伏せた。

「ひとつ、連中にそれを見せ付けてやろうではないか」

「どういうことでしょう」

「次の味見の会に琥珀を出すのだ」

「からかわないでください」

「自分の弟子をからかっておもしろがる師匠が、一体どこの世界におるというのだ」

「ですが、できる訳がないことはおわかりではないですか」

「琥珀は悲鳴をあげ、敵に背を見せて逃げ惑った。このままでは、おまえはあの琥珀とおなじだと一生後ろ指を指されるのだぞ」

広之進が膝に突いていた両手の拳を握りしめたので、関節が白く浮き出た。源太夫にその無念さがわからぬ道理がなかったが、なんとしても立ち直ってもらうためにはここが正念場であった。

とはいうものの、押してばかりでは圧し潰しかねない。しばらく黙ったまま、若侍が落ち着くのを待った。

「琥珀は始末したのか」

源太夫がさり気なく切り出すと、広之進は首をおおきく横に振った。

「とんでもないことです。軍鶏にはなんの罪もないのに、そんなことができる訳がありません」

「軍鶏には罪がないか。たしかにそのとおりだな」

「飼って世話をしているうちに、いつの間にか、とても素晴らしい軍鶏だと思うようになったのです。ですから味見の会のことを聞きまして、ぜひ琥珀を出してみたいと」

「琥珀の名は、蓑毛から思い付いたものなのか」

源太夫がそう言うと、広之進は弱い笑いを顔に浮かべた。

「あんなにきれいな琥珀色の蓑毛をした若鶏は、ほかにおりませんから」

軍鶏の頸を覆う蓑毛は、細くて長いが、それが陽の光を受けると金属光沢(こうたく)を放って輝く。茶や赤だけでなく、紫、青、緑、灰や黒などをしているが、細いこともあって重なり具合で、絶えず変化して見えるのである。

琥珀は決まったひと色ではなく、黄、赤、茶などの混ざり具合でさまざまな色合いになる。しかも濃淡と明暗があるのだ。

五

権助が広之進に与えた若鶏は、味わい深い琥珀色の蓑毛がなんとも鮮やかに頸を覆っていた。

「権助が選んだのは、広之進ならわかると思うたからであろう。ただあの男らしくない、まちがいをしてしまったということだ」

「まちがいですか」

「広之進があまりにも温和なので、権助はまず慣れてもらおうと思うたらしい。せっかく広之進が軍鶏に興味を示した、好きになりかけたのだ。なのに気性の激しすぎるのを与えては嫌いになるかもしれないと、軍鶏としてはおとなしいのを選んだのだ。それに慣れたら、軍鶏らしい気性の激しいのを与えるつもりでいたそうだ」

「権助らしくないですね」

「そう思うであろう」

「わたしは先生のお宅の庭で、絶えず軍鶏を見せてもらっています。ですから軍鶏がどんなものか、自分なりにわかっているつもりでした。しかしなにもわかってはいなかったようですね」

「そんなことはあるまい」

「慰めはいいのです。わかっていますから」

「わかっている？　なにが」

「軍鶏は飼い主に似るのです」

自分からこの諺を口にしたからには、きっと立ち直ることができる、と源太夫は確信した。

「諺のことなど気にすることはないぞ。一面しか捉えておらんからな」

「琥珀はわたしです。草壁さんの鉄に攻められそうになっただけで震えあがり、悲鳴をあげて逃げ出した琥珀はわたしそのものなのです」

広之進は頬に走った爪痕に、そっと指を触れた。案じたとおり、痛々しい蚯蚓腫れになっている。

「家の人には、なにも言われなんだか」

「言われましたが、軍鶏の扱い方をまちがえたと答えておきました」

「そうか、それだけ冷静であれば大丈夫だ。わしは広之進だけでなく、権助のためにもなんとかしたい。いや、せにゃならんのだ」

「権助のためにも、ですか」

杖なしでは歩くのもおぼつかない権助が、羽織袴に威儀を正して、亀吉に牽(ひ)かせる大八車で笈田家を訪れ、広之進に謝ろうとしていたことを話した。

「ひと言を言い忘れたために、広之進に生涯消すことのできぬ汚名を背負わせてしもうたと、まさに臍(ほぞ)を噬(か)んでおったのだ」

「あれはわたしが未熟ゆえ、軍鶏のことを知らなすぎたからで、権助が悪いのではありません」

「本人はそうは思うとらんのだ。なんとしても謝らねばと、這(は)うようにして大八車に乗ろうとしておった。そのままにしておけぬではないか。ゆえに引き留めて、わしが代わりに謝りに来た。と言いながら、まるで謝ってはおらんな」

「謝るだなんて、そんな」

「わしが謝るには、謝罪と同等のことをせねばならん。琥珀を勝たせて、広之進が胸を張って歩けるようにすること。それしかない」

「それがむりなことは、ご存じではありませんか」

「広之進がおなじような若鶏を、琥珀の名で闘わせて勝たせればよい」

「贋者(にせもの)ですか。それは無茶な話です。できっこありません」

「なぜにできぬ」

「琥珀だからです。蓑毛の輝きがきれいな琥珀色だから、そう名付けたのです。あれほどの蓑毛を持った軍鶏は、ほかにいないではありませんか」

「そうか。そうだな」

言いながら、源太夫は笑いを堪(こら)え切れなくなった。

「なにがおかしいのですか」

「おなじ琥珀色の蓑毛をした、うんと強いのがいればいいのだ」

「ですから」

「いないのに、わしがのこのこ来る訳がなかろう」

「いるのですか」

「いるのだ。もう一羽飼うだけの余裕はあるのか。鶏小屋が狭ければ、唐丸籠を一つ進呈しよう」

「でも本当にいるのですか、あの琥珀とおなじ羽根色の軍鶏が」

「いるのだ。軍鶏とはふしぎな生き物でな。いや軍鶏だけではないのかもしれん。おなじ雄鶏と牝鶏から生まれながら、生まれた雛はみなちがう。強い父と血統の良い母からは強い子が生まれるが、全部がそうだと言い切れぬのがおもしろい」

思い当たるところがあるのか、広之進はうなずいた。あるいは人もおなじだと思ったのかもしれない。

「広之進の琥珀と瓜二つの琥珀がおる。おなじ腹から生まれながら、滅法強い」

源太夫がなにを言おうとしているのかわかったらしく、広之進の顔が明るくなった。

「それをおまえにやろう。次の味見の会に琥珀の名で出すのだ。笑い、嘲る者もおろう。だが胸を張って出せ。そしてこう言うのだ」

真剣な顔をして聞いていた広之進は、おおきくうなずいた。

「わかりました」

「広之進のためであり、権助のためでもあるのだ。わかったか、権助に笑顔を取りもどしてやってくれ」

「はい」

「明日からも、これまでと変わらず道場に出るのだ。今日の味見を見ていた弟子もいたので、なにかと言うであろう。嘲る者もいるはずだ。だが、平然として耐えろ。次の味見は半月後だ。そこで挽回できるし、だれもがおまえを見直すことになる」

「ですが相手は籤で決まります」

「わしの目を信じろ。籤がどうなろうと、あれを凌ぐ若鶏はおらぬ」

広之進は顔を輝かせた。

「信じます」

「明日、道場に来れるか」

「登城日ですので、そのまえに伺います」

「それから、あの琥珀も大事にしろよ。まだ闘い方を知らんが、いい軍鶏だ」

笈田屋敷を出た源太夫は、少し遠廻りになるが酒屋に寄って、徳利に一升を詰めてもらった。

先に休んだかもしれぬと思っていたが、忠実な下男はまだ起きていた。亀吉は昼間の疲れもあったのだろう、すでに白河夜船で寝息を立てていた。

ところが源太夫を見るなり、権助が畳に両手を突いて深々と頭をさげたのである。

「旦那さまに、権助め一生のお願いがございます」

「権助にそこまで言われて、わしが厭と言えると思うか。いいから頭をあげろ。なんなりと叶えてつかわす。申してみよ」

「若鶏を一羽、なにもおっしゃらずに、てまえに戴きたいのですが」

「たやすきことよ。ただし、一羽だけだめなのがあるが、それ以外は好きなのを自由に選べ」

湯呑を伏せた盆が置いてある。源太夫はそれをひっくり返すと徳利の酒を注いだ。

権助は口をもごもごとさせてから、言いにくそうに言った。

「実はその一羽なのでございます」

「馬鹿を申せ。あれはこれまでわしが巡りおうた中で、最強と断言していい素質の持ち主だ」

「それを承知でお願いしております」

「それより、酒を呑まぬか」

「いただけません」

「頑固なやつだ」

「頑固です。軍鶏のように頑固な旦那さまのもとで、長年奉公してまいりましたので頑固になりました」

「それにしてもひどいことを言う」

「お許しください。口が滑りました」

源太夫は湯吞を手にすると一気に呷り、そして注いだ。

「いいから権助も飲め」

「いただけません」

「弱ったな。実はやりたくても、あれはどうしてもやる訳にいかんのだ」

「ですから、てまえはお酒をいただくわけにまいりません」

「実はあれはわしの軍鶏でなくなった。やりたくてもやれんのだ。いかに権助の頼みであろうとな」

「どういうことでございますか。旦那さま」

「人にやってしもうたのだ」

驚愕が権助の顔を覆い、一瞬にして歓喜に変わった。

「すると広之進さまに」

「権助の代理で出向いたのだ、手ぶらでは行けまい」

「ですが、あれほどの軍鶏はまず現れまい、園瀬始まって以来最高の軍鶏だと」

「そう思うておる」

「でしたら、どうして」

「あれはいい若鶏だが、運がよかったらまた育てられることもある。だが、広之進は今立ち直れなんだら、生涯負け犬として過ごさねばならぬかもしれんのだ。たかが軍鶏一羽でそれが叶うなら、なにが惜しかろう。それより権助。わしがあれをおまえに与えたら、どうするつもりだったのだ」

権助は一瞬考えたが、たちまち能面の翁（おきな）のように顔をくしゃくしゃに歪（ゆが）め、湯呑に手を伸ばした。それが下男の答であった。

二人は気付かなかったが、壁を向いて寝ているはずの亀吉の目が開けられていた。その顔に、笑みがじわーッと浮き出ていたのである。

六

翌朝、鶏舎の餌箱に亀吉が練った餌を落として行くのに付いて、源太夫はいつものように軍鶏たちの喰いっ振りを見て廻った。鶏合わせを始めるのは、羽根が生え換わった年明けからである。だが軍鶏の体調については、常に留意しておかねばならない。

足音がしたと思うと、笈田広之進が裏庭に駆けこんで来た。すかさず亀吉が挨拶する。

「笈田さま、おはようございます」

「おはよう、亀吉。先生おはようございます」

「早いな。亀吉、あれを見せてやれ」

「へえ」

亀吉は餌入れをその場に置くと、鶏舎の一番端に広之進を連れて行った。軍鶏はいっしょにするとすぐに喧嘩を始めるので、成鶏、若鶏ともに一羽一羽を仕切って入れてある。

端の区切りは屋根から地面まで筵で蔽ってあった。亀吉が筵を捲ると朝陽が射しこみ、若鶏の頸が黄金色に輝いた。琥珀色の蓑毛を持ったもう一羽の若鶏である。

「おお」と、広之進が息を呑んだ。「本当に瓜二つですね」

「権助が見まちがえたほどだ」

源太夫がそう言うと亀吉が鼻を蠢かせた。

「一目で見分ける方法がありますが、それはてまえしか知りません」

「となると広之進には見分けられまい。味見のおりにうっかりまちがえてはまずいゆえ、今夜これを届けてあっちを引き取るとしよう」

「今夜、ですか」

若鶏から一瞬も目を離すことなく、広之進がそう言った。

「人に知られては、あとでなにかと噂されるやもしれん」

「わたしがいただきにまいります」

「運搬用の手ごろな籠がなかろう」

「先日、味見の会に運んだ籠があります」と言いながら、広之進は琥珀色の蓑毛を持った若鶏から目を離さないままであった。「まったくそっくりですね。これではだれもわからないでしょう」

「見かけはそっくりだが、中身がまるでちがうのだから軍鶏はおもしろい」

「先生、本当にありがとうございます」

「だれも庭の唐丸籠の軍鶏を見て満足する。鶏舎まで来て、一羽一羽を見る者はほとんどおらぬからな。だからこの若鶏のことを知っておるのは、ここに居る三人のほかには、権助とわしの息子くらいなものだ」

藩から与えられた岩倉家の敷地は、板塀で遮られた北側を道路が走り、さらにその北は調練の広場となっている。

柱が二本立てられただけの門を入ると、目のまえは広い庭で、瓢簞型をした池が作られていた。西側となる右手に道場、左手が垣根を隔てて母屋となっている。

東西は空き地で南は濠になっているため、気合や竹刀、木剣を打ちあう音で騒々しい道場には打って付けであった。そして軍鶏を飼い、育てるにも、である。

鶏合わせは庭でおこなうが、鶏舎は母屋の裏手、板塀に差し掛けて設けられている。亀吉は鶏舎から連れ出して、唐丸籠に入れた軍鶏を庭のあちこちに配置していた。

惚れ惚れと若鶏を見ていた広之進が、少し考えてから源太夫に訊いた。

「わたしはこの若鶏を、どのように鍛えればいいのでしょう」

「すでにわしがあれこれ試みたゆえ、特に訓練はしなくてよかろう。ただ毎日、庭に出してやるがよい。翼を打ち振ったり、その場で跳びあがったりして、利口な軍鶏は自分で調整するものだ」

「そのようにおっしゃられても、見当もつきませんが」

「若鶏を入れた唐丸籠を持ちあげて、歩くようにうながすといいだろう。あまり急かさずゆっくりとな。もともとが闘うために生まれて来た生き物ゆえ、相手をあてがうのが一番いいのだが、味見が半月後ならなにもしなくてよい。餌と新鮮な水を絶やさず、日向ぼっこをさせれば十分だろう」

「ですが、あれほど激しい動きをするのですから、それにふさわしいなんらかの方法を施すべきではないかと」

軍鶏に気を取られて広之進は気付かなかったが、母屋から出て来た幸司が、広之進の姿に気付いてすぐに引っこんだ。前日の広之進の惨めな姿を見ているので、どう接すればいいかわからなかったのだろう。

「では、せっかくですから道場で汗を流して行きます」

源太夫からの助言が得られないと判断したからだろう、広之進はそう言って両手で音立てて腿を叩いた。

「体がほぐれたら、久し振りに稽古を付けてやろう」

「ありがとうございます」

広之進は弾んだ声でそう言うと、勇躍道場へと向かった。

亀吉は先ほど餌入れを置いた場所に引き返し、箱に餌を落とす作業の続きに取り掛かった。源太夫は亀吉について廻りながら、軍鶏たちのようすを見てゆく。軍鶏の食餌(しょくじ)は豪快で、餌箱に頭を突っこんで喰いながら、激しく首を振る。餌箱は深く作ってあるが、周辺には餌が飛び散った。それを放し飼いにしてある矮鶏が拾って歩くので、餌を与える必要がなかった。

その時刻になると、堀江丁中から集まるのではないかと思うくらい雀(すずめ)がやって来る。軍鶏が喰い散らかした餌がねらいであった。

道場に入ると稽古着に着替えた広之進は、素振りを終えたところであった。着流しの源太夫は壁に掛けられた竹刀の一本を取ると、無造作に素振りをくれた。

「よし、まいれ」

広之進は家が番方だけに稽古熱心で、門人の中ではかなり遣えるほうであった。しかし基礎に忠実なあまり、どうしても攻めが型に嵌まってしまう。多彩に技を繰り出そうとするのだが、いかに攻めを工夫し、技を組みあわせても、次にどう来るかが読めてしまうのである。

もう一皮も二皮も剝(む)けねば、ものになりそうにない。

四半刻にもならないのに、すでに広之進は汗にまみれていた。一方の源太夫は涼しい顔であった。

「いいだろう」

「ありがとうございました」

広之進が礼を述べたところに、べつの弟子が姿を見せた。

「おや、早いではないか琥珀」

道場に入るなりからかいの言葉を投げ付けた若侍が、源太夫に気付いてあわてて「おはようございます」と挨拶した。すぐに壁に向かって道場訓を唱え始めたのは、気まずさを取り繕おうとしてであるらしい。普段は稽古着に着替えてから唱えるのである。

源太夫はうなずくと、さり気なく道場を出た。

「運がいいやつだ、先生に稽古を付けてもらえるなんて」

「早起きは三文の得と言うのは本当だな」

「琥珀の負けっ振りの良さに懲りて、心を入れ替えて稽古する気になったのか」

「そういうことだ。琥珀だって鍛えておる。あのままでは終わらんぞ」

それを聞いた相手が笑い、広之進もいっしょになって高笑いした。

そんな遣り取りを耳にしながら、源太夫はその場を離れた。広之進の声はそれまでよりも明るく、卑屈さは微塵も感じられない。

櫓目付配下の武具櫓奉行のもとで、広之進は見習いとして働く番士であった。番士は三日勤めと言って、三日置きに登城すればよい。そのため、道場でたっぷり汗を流せるのである。

その日は登城日であったので、広之進は濯いだ手拭で体を清めると、そそくさと姿を消した。

翌日も広之進は早く道場に姿を見せた。道場仲間に「琥珀」と呼び掛けられても、明るい声で「なんだ」と返辞する。屈託が感じられないので、からかい甲斐がないのだろう。一人が皮肉たっぷりに言った。

「琥珀と呼ばれたんだから、ちっとは恥ずかしそうな顔をすりゃいいじゃないか」

「え、どうして」

「居直れるガラかよ。敵に背中を見せて逃げ惑った琥珀、その軍鶏の飼い主なんだぜ、広之進さまは。おれなら、こっ恥ずかしくって町を歩けねえ」

「琥珀のことなら心配はいらん。あれは素質があるからな。『琥珀塵を吸うも穢れを吸わず』と言う」

「それは意味がちがうだろう」と、相手はさらに馬鹿にした声を出した。「心が清らかで私欲のない人間は、不正を受け入れず潔白に行動する、という意味だぜ。広之進の軍鶏のどこが潔白に行動する、だよ」

「なんだ知っていたのか。これは一本取られた。しかし意味からすると、琥珀は軍鶏ではなくてこのおれさまだな。これからは、おれのことを琥珀と呼んでくれよ」

「こいつは大馬鹿者か」

「でなきゃ、よっぽどの大物ってことだ」

「自分で言ってりゃ世話ねえや」

ふしぎなもので、散々馬鹿にされてもしかたがないところを平然と切り返したので、もしかすると広之進は案外なやつかもしれんと、逆に評価が高まったのである。

「なに、そのうちに鶏合わせか味見で、尻尾(しっぽ)を出すだろうよ」

だれかが憎まれ口を叩いた。


そして半月後、岩倉道場の庭で味見の会が開催された。

広之進が琥珀で再度挑むことは、道場に通う連中の一部は知っていたが、それ以外の者はだれも知らない。

　そのため、前回再起不能と思えるほど散々な目に遭（あ）いながら、広之進が朗（ほが）らかとしか言いようのない顔で姿を見せたことに、多くの者が信じられぬという顔を隠しもしなかった。

　あれだけの屈辱（くつじょく）を味わったら、恥ずかしくて見学に来られる訳がないのだ。なんたる破廉恥（はれんち）漢であることよと、驚き、呆（あき）れ、小馬鹿にしていたのである。

　当然だが若軍鶏を出場させるなどとは、だれもが思いもしていないはずだ。籤を引く時点になって、笈田広之進が手を伸ばしたので、多くの者が驚き呆れた顔を隠そうとしなかった。

　進行係の中藤晋作が番号の順に引きあわせ、飼い主名、軍鶏の名を手控えに記録する。すると亀吉が、それぞれの軍鶏の入った唐丸籠を近くに持って来た。飼い主が準備するあいだに、亀吉は線香に火を点ける用意をして待つ。そして飼い主が銘々（めいめい）の軍鶏の翼を両手で覆うようにして抱き、地面におろすのを見て点火するのである。

　味見が始まると、だれもがそちらに熱中して、いつの間にか広之進のことなど忘れていたようだ。中藤が名前を確認しながら記録を付けるのだが、広之進の名前は呼ばれなかった。

全体の水準が高くなったので、中途半端な力の若軍鶏は出せないとの思いがそれぞれにあるからだろう、手に汗握る力の籠った勝負が続いた。

「次で最後です」

亀吉にささやかれて中藤が見廻したとき、飼い主が名乗りをあげた。

「笈田広之進、軍鶏は琥珀」

えーッと驚く声が湧きあがった。それも一人二人ではない。おそらく半数の者がちいさな叫びをあげたにちがいない。

七

「琥珀だと? 前回ボロ負けしたやつではないのか」

「軍鶏はな、こっぴどい負け方をしたら立ち直れるもんじゃねえんだ。恥を搔くまえに辞退しろ」

言われた広之進は激しく首を横に振った。

「このまえ惨めな姿を曝したので、徹底的に鍛え直しました。絶対に大丈夫です」

「そりゃ無茶だ。鍛え直したと言っても、あれから半月しか経ってないのだぞ」

「恥の上塗りだ、止めておけ」

「止めておけよ、広之進」

たまりかねたのか、道場仲間からも声が掛けられた。

「道場の先生」と大工の留五郎が、舌足らずな声と調子で源太夫に哀訴した。

「お願いやけん、どうぞ止めさせてくれんで。こんな無茶をやったら、軍鶏も広之進さんもわやになってしまうけん」

泣きそうな顔で訴える留五郎の必死な思いがわかるだけに、源太夫は困り果て、思わず腕を組んで目を閉じてしまった。

「皆さん」

その場を静寂が支配したのは、その声の異様さのためだったにちがいない。だれもが無言のまま声の主の広之進を見た。

「皆さんは鳥が、それも軍鶏が泣くのを見たことがありますか」

男たちは戸惑い気味に顔を見あわせたが、すぐに視線が広之進に集中した。なにを言い出すのだろうと、だれもが怪訝な顔を隠そうともしない。

源太夫の顔に微かな笑いが浮いた。こいつは、笈田広之進は案外大したやつかもしれんと思ったからだ。

広之進は源太夫を信じて、絶対に勝つと思っているからこそ、これから起きることを盛りあげようとしているのである。

三十年以上も軍鶏を見て来たが、源太夫は軍鶏の涙、軍鶏が泣くところなど見たことはない。なにがあろうと軍鶏が泣く訳がないのだ。万が一泣いたとしたら、それは軍鶏ではない。

それなのに飼い始めたばかりで、初めて軍鶏を見てからでも十年がいいところだろう。そんな広之進が、軍鶏が泣くのを見た訳がない。それなのにいけしゃしゃあと語るのだから、あるいは大物かもしれないな、と思わざるを得ないのである。

広之進は真剣な目で、男たちを見廻しながら続けた。

「あの日、琥珀が筵を駆け登ってさえ逃げようとしたあの日です」

呆然とした広之進は、蹌踉たる足取りで岩倉家の門を出た。目のまえは調練の広場である。広之進は自然と、広場に脚を踏み入れた。広場は荒涼としている。

とてもではないが、そのまま家には帰れない。すべてが顔に現れているだろうから、家族に気付かれない訳がないのだ。気持を落ち着かせてからでないと家には帰れなかった。

かと言ってだだっ広いだけの、乾いた土がどこまでも続く場所は、傷付いた心をさらに虚しくさせる。

広之進は広場の外れにある木立の中に入って行った。そこだと周りからも見られることはなさそうだ。なにをしているのかと、心配しただれかに顔を見られてはたまらない。

唐丸籠を三分の一か四分の一に縮めたような籠を地面に置くと、出し入れの口を開いて琥珀を出してやった。味見の会に行くため、籠に入れたときとはまるでべつの軍鶏のようであった。広之進と変わらぬくらい消沈していたのである。

「どうしたのだ、琥珀。あれはおまえじゃないだろう。臆病の風に吹かれたとは考えられない。なにか、とんでもないものに、憑りつかれたのだな」

言葉は理解できなくても、気持は通じたにちがいない。琥珀の目に涙が盛りあがったと思う間もなく、それが流れ落ちたのである。

「琥珀も口惜しいのだな。おれも口惜しい。このままですませば、一生笑われて生きねばならない。どうだ、力をあわせてもう一度、闘ってみないか」

するとは琥珀が、翼を一杯に開いておおきく羽搏いたのである。

「だから翌日の朝から、琥珀を鍛え抜いたのです」

いつの間にか広之進の語りに引きこまれたのだろう、思わずだれかが問いを発した。

「どんなふうに」

広之進は言った男を一瞥し、一瞬考えたようだが首を横に振った。

「それは申せません。真似されますから」

笑いが起きたが、半分は苦笑と失笑であったかもしれない。

「信じていただけないでしょうから、勝負を見ていただきたいのです」

「よし」と、源太夫は全員を見廻した。「負けたら二度と顔出しできぬと、覚悟の上で言っておるのだ。となると受けぬ手はあるまい。で、相手は」

「みどもだ。軍鶏の名は銅」

なんとも皮肉なことに、飼い主は前回の鉄とおなじ飼い主の草壁一平太であった。軍鶏は猩々茶でとりわけ色が濃かった。まさに銅である。

「このアカガネは、このまえのクロガネを凌いでおる。子供扱いにするさまを、見せてやりたかったな」

　草壁は銅と鉄を強めて発音した。広之進が前回とおなじ琥珀を出したと知って、頭から馬鹿にしているのだ。

「それでは始めていただきましょう」

　中藤の言葉に広之進と草壁が軍鶏を唐丸籠から出すと、亀吉が線香に火を点けた。

　戦いの火蓋が切って落とされた。

　草壁が鉄を凌ぐと豪語しただけあって、銅の攻めは早かった。ところが琥珀は引けを取らぬどころか、それを凌ぐ勢いで攻め、攻撃を躱した。

　最初は薄笑いを浮かべていた草壁だが、闘いが始まるとあっという間もなく笑みは消えてしまった。そんな馬鹿な、とか、こんなはずではなかったのに、との言葉が聞こえそうなほどであった。

　琥珀を鍛え抜いたとの広之進の言葉が、次第に重みを増して行く。琥珀を見縊っていただろう銅は、飼い主とおなじ思いに囚われたにちがいない。そんな馬鹿な、あるいは、こんなはずでは、と。

　その思いはたちまちにして銅を支配したようだ。次第に攻めが通じなくなり、すると攻めることができなくなって、防戦一方に追いこまれてしまったのである。とても一発逆転の余裕などなかった。

もしかすると明確な結果が出るのではないかと、観戦者の思いがそちらに向き始めた。

蹲踞、悲鳴、逃亡に追いこまれても仕方ないほど、優劣が明らかになったときだ。亀吉が宣言した。

「時刻です。線香、燃え尽きました」

源太夫が草壁に言った。

「琥珀優位と見たが、いかがか」

草壁は無念そうにうなずくしかなかった。源太夫が記録係の中藤をちらりと見ると、うなずいて控に琥珀優勢と書きこんだ。

「あるのだなあ、こんなことが」

「それにしても、それにしても、それにしても」

言葉を探しているようであったが、ぴたりと決まる文句が出なかったらしく、その男はおなじことばを三度繰り返して苦笑した。

だれもが騒いでいるあいだに、草壁と広之進は自分たちの若鶏を唐丸籠に移し終えていた。

広之進は筵を丸めた土俵にもどったが、草壁は姿を消していた。

「笈田どのは、こうなることを信じていたのだな。なぜに信じられたのだ」

問われて広之進はきっぱりと言った。

「涙だと思います。泣いたことで無念な思いが洗い流され、それによって強靭な気魄が生まれたのではないでしょうか」

「前回とはおおちがいだ。まるで別人だぞ、笈田どの」

「わたしはおなじです。別物になったのは琥珀ですよ」

「いかにして鍛えたか教えてくれんか」

「先ほども申しましたが、それはどうか勘弁ねがいます」

「真似しないゆえ、みどもだけに」

ドッと笑いが弾けた。

「こいつもおなじことを考えていやがる」

「わかりました。ではだれにも言わないでくださいね」

全員が聞いているのにそれはないだろうとの思いが、さらにおおきな笑いを呼んだ。

「木剣を力任せに振りおろしました。相手は当たれば命がありませんから、それこそ必死で避けます。上から振りおろすだけでなく、横に薙ぎ、下から払えば、二段打ち三段打ちも。ともかくあらゆる攻めを繰り返しました。するとふしぎなことに、日が経つにつれ琥珀の身を躱すのが正確に、しかも早くなったのです。動きの先が読めるようになったのでしょう。こちらの初動を見た、いや感じた瞬間、木剣がどこをねらっているかがわかるらしいのです。道場でもおなじですね、敵のねらいが読めると圧倒的に有利に運べます」

だれもが納得したようで、感心しきって聞いていた。

「あッ」と、思わずというふうに広之進が声をあげた。「絶対に真似しないでいただきたいのです。琥珀だから、口惜しくて泣いたほどのやつだからできたのだと思います。でないと、皆さま、打ち殺してしまいますよ」

「鍛えようたってできる訳がない」

「そうだよ。琥珀だからできたのだ。やはりあいつは別格なのさ」

弾む話をにこにこと聞いていた権助が、源太夫の視線に気付いて言った。

「次第に良い軍鶏が育つようになりましたな、旦那さま。園瀬の里にも」

源太夫はうんうんとうなずいた。みんな権助のお蔭だよ、との言葉は胸に仕舞ったままで。

「おはようございます。先生、本当にありがとうございました」

翌朝、非番の広之進はだれよりも早くやって来た。

「そのまえに、権助に礼は言ったのか」

「はい。先に挨拶しましたら、とても喜んでくれました」

「亀吉。あれを見せてやれ」

「へい。広之進さま、あちらへ」

亀吉が連れて行ったのは、鶏舎の一番端であった。その区画には、あのときとおなじように筵を掛けてある。亀吉が筵をずらすと一羽の若鶏が、胸を張って立っている。

「どうだ、そいつは物になりそうか」

試されていると思ったからだろう、広之進は真剣な目をして喰い入るように見ている。

「新しい琥珀を手に入れられたのですね」

「なんとかなりそうか」

なおも見続けていたが、やがて広之進は首を傾げた。

「これはもしかすると、交換して引き取っていただいた琥珀ではないのですか」

「よくわかったな」

「琥珀色の蓑毛はまず見掛けませんからね」

「引き取ってから、わしが徹底的に鍛えたのだが」

「そうでしたか。わかりませんでした」

「正直でよろしい。それにしてもこの正直者が、よくああまで大法螺を吹けたものだ。軍鶏の目に涙、だと。木剣を振りおろしたら、次第に早く躱せるようになり、構えだけでどう来るかを読めるようになった、だと。呆れたものだ」

「だから皆さん、信じてくれたのですよ。涙と気魄のお蔭で、琥珀が入れ替わったことをだれも疑問に思わなかったのです」

「それにしても、あれほど容易に騙せるものだとは。広之進には、持って生まれた騙りの才があるのやもしれん」

「わたしの話は、なぜか皆さん信じてくださいます」

「話の語りではない」

「そうしますと、騙すほうの騙りですか。それはいくらなんでもひどすぎはしませんか」

中老の芦原讃岐が気に入りそうな男だな。そのうち紹介してやるか、と源太夫は若侍の顔を見ながらそう思った。

師弟

一

若い家士が酒肴の膳を二人のまえに調えると、右城勘左衛門は人を寄越さぬようにと命じた。そして家士が一礼してさがると、源太夫に対して大仰に切り出したのである。

「文武に秀でた弟子を数多育成され名伯楽との評価は高まる一方で、重畳至極。おなじ園瀬におりながら、満足に言葉を交わしたこともなかったゆえ、向後昵懇に願いたいと思い、ご足労願った次第でな」

「文武に秀でたとは痛み入る。武骨な道場主で、武はともかく文に関してはまるで不学無芸ゆえ」

「いや、そう遜ることはあるまい。岩倉道場で学んだ者は、心構えがしっかりしておると上々の評判だ」

右城家の若党が岩倉道場に来て、もし都合が悪くなければ今宵六ツ半（七時）に屋敷までお越しいただけないかと問うた。用向きには触れなかったが、源太夫は諾であると返辞して若党を帰したのである。呼ばれた理由は見当もつかなかった。

ただ右城絡みで考えられるとすれば、弟子の大村嘉一郎と圭二郎が父の敵林甚五兵衛を討った折、若い兄弟の助太刀をしたことぐらいであった。もっとも、実際は刀を抜いてもいないのである。

右城の母の妹、つまり叔母が林の妻だったことからすれば、遺恨がないと言えないこともない。林甚吾兵衛と右城勘左衛門はともに物頭であった。

しかし、金を横領したことが発覚したため腹を切ったとされていた兄弟の父親だが、実はその逆であったと判明した。林の横領を追及したために斬殺された上、切腹に見せ掛けられたのが明確になったので、兄弟に仇討免許状がおりたとの経緯があった。

ゆえになんら問題はない。しかも七年も経っているのだ。

屋敷に着いて家士に大刀を預けたので脇差だけであったが、隣室に人の気配はない。

「そう硬く構えることはない。以前から親しくしていただこうと思うておったのだが、きっかけがなくてな。ところが最近になって珍しきものを入手したのでご覧いただき、それを酒の肴にお近づきをと思うて来てもろうた次第だ」

右城が銚子を取ってうながしたので、源太夫は盃で受けた。しかし飲まずに下に置き、右城の盃に注いだ。

ご覧いただきたいと言いながら、見せようという気配はない。しかたなく盃を手に酒を飲むと、右城もおなじように飲み、それぞれの盃を満たした。

「珍しき物と言いはしたが、いざとなると照れざるを得ん。なにしろ岩倉どのは道場主であり、名うての剣士ゆえ」

焦らしている訳ではないようだが、同年輩の物頭が照れるとなると、一体なにであろうかと思わざるを得ない。

右城は立つと、床の間の違い棚からおおきめの文箱を取り出した。念入りなことに鍵が掛けられているが、右城はそれを外して箱を開けた。

そして折り畳まれた厚手の紙片を取り出すと、ゆっくりと拡げた。

「おッ」と声を発した源太夫は、一瞬にして耳まで朱に染まったのがわかった。

予想もしなかった品である。

そのようなものがあるとは聞いていたが、見たことはなかった。

随分とまえになるが、江戸勤番のおり源太夫は一刀流の椿道場に入門した。あるとき相弟子たちと飲んだが、そのうちの一人がいかに凄いかを夢中になって喋るのを聞いたことがある。しかし、田舎出の若者を驚かそうと大袈裟に言っているのだろう、くらいにしか思っていなかった。

「なにも恥じることはない。初めてという訳ではなかろう。それがしも見たおりには、茹蛸のごとくなったからな。齢は取っても男は男、ということだ」

あはははと右城は豪快に笑い飛ばしたが、そこに拡げられたのは男女の媾合図であった。それも実に克明かつ鮮明に描かれていた。

思わず盃に手が伸びたが、目は絵に釘付けになって逸らすことができなかった。

「それがしも何枚か、いや多少は見てきたほうだが、これほど見事なのは初めてでな。園瀬ごとき片田舎で、かくも鮮烈な笑い絵が手に入ろうとは思いもせなんだ。ゆえに、これはぜひにも岩倉どのにお見せせねば、と思うた次第でな」

笑い絵と言うのか。そう言えば聞いたことがあるようなないような、とどうにも頼りない。春画とかあぶな絵とは、ちがうのだろうかおなじなのだろうかと、それさえわからない。まさに武骨な道場主である。

「絵師はまだ二十歳になるやならずとのことだが、さすがは江戸で修行しただけのことはある。その若さで、よくもこれだけ真に迫った絵をと思わざるを得なんだが、二十歳、そして江戸という言葉から、あるいは森正造ではないかと思ったが、ただちに打ち消した。

正造は藩の絵師遠藤顕信、通称藍一郎の推薦で九歳の齢に江戸に出て、書役の見習いをしながら狩野派で学んだ。五年後に十四歳で園瀬にもどって遠藤の下で見習絵師となり、十八歳で正式に絵師になっていた。

今年、二十歳のはずである。

江戸で修行した二十歳ぐらいの絵師がそういるとは思えないのだが、まさかとの思いのほうが強い。

「なに、若年ゆえ見習絵師とされておるが、腕はみども以上でな」

当時、遠藤はそう言ったのである。

狩野派となると大名や大名家の絵師が学ぶほどで、格式の高さもあるため、そのような絵に手を染めるとたちまちにして破門となるのではないだろうか。それにあの純真な森正造が、とてもこのような絵を描くとは思えないのである。

「いかなる座興で、かくも珍奇な物を」

まじめとも冗談とも取れる言い方をすると、右城は破顔した。

「座興、か。まさに座興であって、他意はござらん。ご笑覧あれ、というところなのだがな」

右城は微に入り細を穿って絵について語り、その手の絵に関する蘊蓄を傾けた。多少は見てきた、どころではない。かなり早くから関心を持ち、相当に収集しているようでもあった。その中でもこの絵は逸品ということらしいのだ。

当然だが話は卑猥になり、酒を飲みながらでなければ、とても聞いていられなかっただろう。源太夫は右城にあわせて、あとは雑談に徹した。そうしないと、まじめ一方の堅物だとか、野暮な男だと言われるのがオチだからである。

それにしても右城の真意がわからなかった。言葉どおり親しくなりたいと思っただけなのか、あるいはもっと先のことを考えているのかの判断がつきかねたのだ。

たまたま予想もしていなかった出来の良い笑い絵が手に入ったので、堅物と見られている源太夫がどんな反応を示すかを見たかっただけかもしれない。

飲むのはほどほどにし、途中からはなるべく聞き役に徹することに源太夫は努めた。当たり障りのないように調子をあわせ、五ツ半（九時）に右城の屋敷を出たのである。

耳門(くぐり)を出て十歩ほどあるいてから、源太夫は立ち止まった。絵師の名を聞いておくべきだと思ったからだ。

だがすぐに歩き始めた。絵師がその種の絵に名を書き入れるとは、とても思えなかったからである。入れたとしてもべつの画号にするはずで、現にその絵にも落款(らっかん)はなかった。

源太夫の弟子であったころ、森正造は道場を抜け出し、鶏舎前で軍鶏の絵を写生したことがあった。九歳の子供にしてはあまりにも見事な出来なので、源太夫は藩校「千秋館(せんしゅうかん)」の池田盤晴(いけだばんせい)に相談したのである。盤晴も少年の才能に唸(うな)った。紹介してもらった藩の絵師遠藤顕信に見せると、弟子にするのですぐ連れて来いと興奮気味に言う。ところが正造の父伝四郎(でんしろう)が猛反対した。

しかし正造の母小夜(さよ)が必死に説得したこともあって、伝四郎は藩の抱え絵師が認めればとの条件を出した。当然だが遠藤顕信が認めたので、学べることになったのだ。

それからほどなく伝四郎は、風邪をこじらせて亡くなったのである。

正造は母親に矮鶏(ちゃぼ)、源太夫に軍鶏の絵を残して江戸に発った。

五年後、帰国の挨拶に道場に来た正造は、軍鶏の絵を新しく描かせてほしいと言った。江戸に出るまえに正造が描いた軍鶏の絵を、源太夫は道場の正面、神棚の下に道場訓と並べて掲げていた。

道場開きのおり池田盤睛が揮毫した「一刀流　岩倉道場」の看板は、源太夫にとってなによりの自慢であった。そこにもう一つ自慢が加わったのである。

軍鶏の絵となると、軍鶏道場の愛称で知られる岩倉道場の象徴で、これほどふさわしいものはない。

弟子たちは稽古のまえにかならず道場訓を唱和するが、その横には常に胸を張って立つ雄々しい軍鶏の絵があるのだ。

「今見ると欠点だらけで、とても恥ずかしくてなりません。ぜひ描き直させてください」

絵師本人がそう言うのだから否も応もない。

正造は正面から、さらには左前方より、右前方よりの全身像の下絵を描き、頸から上、さらには頭部をそれぞれ正面、左前方と右前方から描いた。稽古を終えた弟子たちが見守る中で、正造は一心不乱に描いたのである。

絵師が一枚の絵を描くために、部分や全体の何枚もの下絵を描くことを、源太夫はそのとき初めて知った。

仕上がりを持参したのは六日後の昼前で、見所（けんじょ）で弟子たちの稽古を付ける源太夫の横に、正造は静かに坐（すわ）った。

「できたか」

「終わりましたら見てください」

「見せてもらおう。もう終わったも同然だ」

うなずいた正造は、風呂敷を拡げると絵を取り出し、江戸へ発つまえに描いた軍鶏の絵の下に新しく描いた絵を置いた。

「おお、これは」

五年でこれほど変わるものかと驚嘆させられるほどの、歴然たる差が現れていた。よくここまで精緻（せいち）に描けると感心した以前の絵が、新たに描いた絵と較（くら）べると、雑で、稚拙（ちせつ）で、色がくすんでさえ感じられたのである。

正造が描き直したいと言った理由が、痛いほどにわかった。

「学ぶとはこういうことなのか」

思わずつぶやいた。

例えば目である。ともに鋭いのだが、かつての絵の目は単に鋭く描かれただけであった。ところが今回の目は、睨むだけでなく、威嚇し、相手を射竦める強靭さを秘めていた。突き刺すほどに鋭いのだ。

頸を覆う蓑毛も、金属光沢を放つ細くて長い羽毛を、丁寧に描き分けていた。細い蓑毛が重なりあってべつの色が生まれるさまが、見事に活写されている。だが江戸に出るまえに描いたのは、新しい絵に較べると平板であった。描き直した絵は色の微妙な変化だけでなく、一枚一枚の羽毛が画面から浮き出るように感じられるのである。

竹刀を撃ちあう音も気合声も消えていた。弟子たち全員が半円の弧となって、二枚の絵、そして正造と源太夫を取り巻いていた。

「正造」

「はい、先生」

「弟子たちに見せるために、この二枚を並べて掲げたいのだが」

一瞬、言葉に詰まったようであったが、正造は首を横に振った。

「ご勘弁願います。未熟だったころの自分を曝されるのは、辛うございます」

「おなじ人間が五年間真剣に取り組むことで、ここまで変われる、技を身に付けられることの見本だと思うのだがな。この二枚を見比べれば、大抵の者は奮起せずにはいられぬであろう」

少し間があったが、正造はきっぱりと言った。

「どうかご容赦を。古い絵は引き取らせていただきます」

「では、わしにくれんか。人には見せぬと約束する。記念の品として、手元に置いておきたいのだ」

師匠にそこまで言われたら、弟子としてとても断れない。

九歳だった弟子の画力に驚嘆した源太夫は、池田盤晴、遠藤顕信、そして母親小夜などの尽力もあって、江戸で正造に絵を学ばせることができた。

好きな絵の道に進んだ正造は、狩野派の絵師の薫陶を受けて、五年の成果を見せてくれたのである。

二

江戸から帰った正造の最初の仕事は、園瀬の盆踊りを描くことであった。それも一枚や二枚ではない。

当時、大名家のあいだで絵の贈り物がとても喜ばれていた。領地内の名所旧跡や年中行事などを抱え絵師に描かせて、贈りあうのである。

大名が自由勝手に動けるのは、せいぜい自国の領土内であった。参勤交代の道中や参府した江戸であろうと、行きたい場所に行き、したいことができる訳ではない。

お方さまと呼ばれる正室や側室の場合はさらに自由が利かず、ほとんど江戸藩邸に閉じこめられている。その無聊(ぶりよう)を慰めるために、彩色(さいしき)された各地の絵は珍重された。

最初はごく親しい藩とのあいだで贈り贈られしていたのだが、それを知ったほかの藩の江戸留守居役からも頼まれるようになった。もともとが親睦(しんぼく)を図(はか)る目的で贈っているので、当然のように応じることになる。

そのため次第に枚数が多くなり、錦絵の版画として依頼に応じている藩もあるらしい。しかし園瀬藩では肉筆画に拘(こだわ)っていた。一枚かぎりなので価値が高いからだ。

ゆえに絵師は、おなじ画題でも構図などを変えながら、何枚もの絵を描かなくてはならなかった。

園瀬では人形浄瑠璃(じょうるり)も盛んだが、なんと言っても有名なのは盆踊りであった。

いわゆる園瀬の盆踊りとして知られ、各地から見物客を集めていた。踊りは宵日を含め四日間、城下で繰り広げられる。正造は常夜燈の辻や要町、京大坂や遠くは江戸からの客のために料亭の庭で催される踊りの下絵をせっせと描いた。

男踊り、女踊り、子供踊り、若い女の男踊りを描きに描いたのだ。踊る個人を、そして集団の乱舞、輪舞などを。

盆が終わると正造は、下絵をもとにせっせと絹布に描き彩色した。秋にはそれらもほぼケリが着いたようで、正造は時折、岩倉家に顔を見せた。市蔵や幸司に絵の手ほどきをしたり、言われるままに即興で描いて見せたりもしていた。娘は自分の名が花ということもあって、季節の草花を描いてもらってはしゃいでいた。

農閑期になると、園瀬の里では各地で人形浄瑠璃が演じられる。豪農の屋敷に即席の舞台を設え、庭に筵を敷いて村人たちが見物するのであった。演じるのは百姓だが、中には玄人裸足の浄瑠璃語りや人形の操師もいる。さらには人形の頭の彫師の名手もいて、京都や大坂からの依頼で製作する者もいたほどだ。

正造は泊まりこみで人形浄瑠璃を観に行き、懸命に描いたのであった。さまざまな物語のよく知られた場面だけでなく、魅力的な人物の頭も註文が多いので描いた。

例えば『仮名手本忠臣蔵』の大星由良之助、『伽羅先代萩』の政岡などである。『絵本太功記』の武智光秀、『新版歌祭文　野崎村』のお染などの頭も、正造の得意とするところであった。

贈答用の絵や寺院から依頼される襖絵などは、すべて藩の絵師としての仕事である。

それとはべつに肖像画、あるいは屏風絵や扇面絵などを、個人的に頼まれることもあるようだ。

実はそれがなければやっていけないというのが実情らしいが、なぜなら絵師は能役者などとおなじ無足だからである。家禄がなくて扶持米をもらう軽輩であった。仕事をすれば手当てが出るということで、極めて不安定なのだ。

父伝四郎が猛反対したのもそのためだろう。書役つまり祐筆は、それほど格は高くはないが安定していた。

十八歳になった正造は、見習いから正式に絵師となって顕凜と名を改めた。おそらく多忙のためもあるのだろうが、その前年くらいから、道場や母屋に訪ねて来ることが減っていた。

まとまった枚数を仕上げると、正造はそれを江戸藩邸に届けた。そのおり、各大名家との折衝役である江戸留守居役から、さまざまな依頼を受けた。親しい藩の留守居役から、このような絵を頼めないだろうかとかの話があるとのことだ。

かならずしも園瀬の名勝や風俗に関する絵だけでなく、お方さまからわが殿の行列のさまを絵で見たいとか、この絵師で富士山の絵を、などの註文もある。

留守居役としては当然だが、それに応えなければならない。自藩のお抱え絵師との兼ねあいもあって、苦慮することも多いだろう。臨機応変に対処するのが、留守居役の腕の見せどころではあるのだが。

正造はなかなか評判がいいらしく、この絵師でとの指名も多いようであった。中には自分にはあわないものや、絵師として気の進まぬものもあるのだろうが、仕事だから嫌とは言えない。

ほかの役とはちがって登城が決められている訳ではなく、届けさえ出しておけば基本的には旅も自由であった。

ところが自分で望んでお抱え絵師になれたのに、園瀬にもどって三年もすると、正造はどことなく生気が乏しくなったように感じられた。十八歳で顕凜と名を改め正式の絵師となったので張り切り、意欲も湧くのではないかと思ったが、そのような変化は見られなかったのである。

あるいは華やかで活気に満ちた江戸での日々が忘れられないのではないだろうか、とか、江戸で好きな人ができたのに逢えないからかもしれない、などと思ったりもする。

だが、そんなことは訊けるものではない。ときが至れば自分から話すだろうし、心底困ったり悩んだりすれば、相談に来るだろうとの思いが源太夫にはあった。

物頭の右城勘左衛門から怪しげな絵を見せられたのは、丁度そんなときであった。

園瀬を出るまえの、そして江戸からもどっての森正造を知っている源太夫には、心情的にはあり得ないと思いたい。ところが二十歳になるやならずと、江戸で修行したという二点がどうしても無視できなくなったのである。

そう言えばここしばらく顔を見ていなかった。

正造が岩倉道場の弟子だったのは十年以上も昔で、九歳のごく短い期間であった。しかもほどなく江戸に出たのだ。だから知らない弟子がほとんどで、何人かに訊いてようやく次のようなことがわかったのである。

「どうやら母親が病気、それも長患いのようです。看病しながら絵の仕事をしているとのことですが、江戸に用がある場合は、なるべく同僚の絵師に代わってもらっているようですね。本人でなければ用が足せないときは、おなじ組屋敷のだれかに母親の世話を頼んでいるそうで」

いつごろからか、とか、病名はわからないとのことであった。

知らぬならともかく、知った以上は見舞わねば気がすまない。仕事が多忙で暇が作れなくなったのだろうくらいに思っていたが、母親が病気では道場や母屋に顔を出せなくて当然である。

それと、やはり右城に見せられた絵が気懸かりであった。

代々藩の書役の家柄であった森家の屋敷は、大濠の外ではあったが武家地にあった。ところが抱え絵師となってからは、城山から東北の城下の外れ、町家と下級武士の組屋敷が混在する地区に移されていた。その先は水田地帯で農家が点在している。

源太夫はみつに命じ、自分だけ早く茶漬け飯ですませて、日没時には屋敷を出た。常夜燈の辻の近くの菓子舗で見舞いの品を求め、そこから道を北に取り、寺町を抜けて正造の組屋敷に着いたときには六ツ半（七時）をいくらかすぎていた。

「先生、一体」

正造には、思いもしていない訪問であったようだ。

「母上の具合が良くないと聞いたのでな。正造がしばらく顔を見せぬので気にはしておったのだが、母上が病んでおられるとは露知らず」

いいながら菓子の折を差し出すと、正造は深く頭をさげた。

「お心遣い、畏れ入ります」

「長く患われておるのか」

「二年、やがて三年になります」

ということは、顕凜と名を改めて正式に絵師になる少しまえからになる。当時はまだ時折顔を見せていたが、母親は息災かと訊いても「はい」と答えたので、まさか患っているとは思いもしなかったのだ。

生気が感じられなくなったのはそのころからで、母親が患ったのであれば当然のことである。なぜ気付いてやれなかったのだろうと悔やまれてならない。

「どこがお悪いのだ」

「順庵(じゅんあん)先生によりますと、胃の腑だとのことですが」

順庵先生と聞いて意外な思いがした。診(み)るのが武家では老職や古い家柄、商家では大店(おおだな)にかぎられていたからだ。あるいは特別な伝手(つて)があるのかもしれなかった。

だがそれよりも容態(ようだい)である。

「はっきりせぬのか」

「胃の腑だけでなく、ほかの臓腑も侵されているようだとのことでして」

「しかし順庵先生となると、費用(かかり)がたいへんであろう」

正造は俯いたが、おそらくは唇を嚙(か)みしめていることだろう。不注意であったと源太夫は後悔した。つい口が滑ってしまったが、正造にすれば触れられたくない部分であったはずだ。

「わたしは十一年まえに父を亡くしました」

「ああ、気の毒であったな」

「残された身内は母のみです」

いくらなんでも極端すぎはしないか、と思わざるを得ない。いかに親戚が少ないと言っても、父方と母方の血縁が皆無ということはないはずだ。

源太夫の思いを知ってか知らでか、正造は淡々と続けた。

「絵を学びたいと言ったとき、父だけでなく親族の猛反対に遭いました。父は反対しましたが、書役を勤めながら絵を趣味とするようなつもりでやるなら、両方がだめになる。二兎を追う者は一兎をも得ず、の諺どおりになるは必定だ、というのがその理由でした」

「父上は無条件に反対した、という訳ではなかったのか」

「猛反対されました。ですが、わたしがどうしても絵をやりたいと知りますと、諦めとともににでしょうが、そのひと言を言ってくれました」

「いい父上だったのだな」

「わたしが絵師の道を選び、藩の絵師見習いになることが決まり、役方の屋敷から無足の組屋敷に移されると、親戚はすべて、手の平を返すように疎遠になりました。父の同役たちもです。父は同役の一人と、その人の娘をわたしの嫁にと約束していたそうですが、それも当然のように反故となりました。組屋敷に移ったのは父が亡くなってからでしたので、辛い思いをさせずにすんだのがなによりでした」

　源太夫としては言葉の掛けようもなかった。

「以後は書役の家々とは交渉がなく、冠婚葬祭の連絡さえもらっていません。村八分というのがあるそうですが、それよりひどいのですよ」

「村八分、か」

「書役で、わたしが兄のように慕っていた人が亡くなりました。ところが葬儀に出向きましたら、追い返されたのです」

「まさか」

「だれだってそう思いますよね。村八分で仲間に入れてもらえなくても、火事と葬儀だけはべつだそうですから。いくら除け者にしたとはいえ、そこまでは無視しないことになっています。ところがわたしは葬式で追い返され、道ですれちがって挨拶しても、返辞はもらえません」

　よほど口惜しいのだろう、正造は固く目を閉じ、唇を噛みしめた。

「それはひどい」

「そんな中にあって母だけはべつでした。どんなことがあろうとわたしを信じ、励まし続けてくれたのです。母の命が助かるものでしたら、そしてそれができるものなら、わたしは自分の命と取り換えたいです。ですがそれはできませんから、薬礼がいかに掛ろうが、なんとしても工面するつもりでいます」

そこで正造は真正面から源太夫に向かい、きっぱりと言った。

「ですが、無足の絵師にできることは、ひとつしかありません」

正造はじっと源太夫の目に見入ったが、その目には強靭な思いが籠められているようであった。その目が急激に弱々しくなった。

「先生、遅くなるかもしれませんが、わたしの話にお付きあいいただけますか」

「もちろん、そのつもりだ」

正造はうなずくと、ひと呼吸してから口を開いた。

「今宵、予告なしに先生がいらしたということは、ご存じだからと思いますが、ご存じかそうでないかに拘らず、正直にお話しいたします。なぜなら、わたしに絵師への道を拓いてくださった、大恩ある師匠だからです。退屈なところもあるでしょうが、なるべく順を追ってお話しいたします」

そう前置きして正造は語り始めた。

右城に見せられた笑い絵を描いたのは、やはり顕凜こと森正造だったのである。

三

だが源太夫の心には怒り、落胆、失望のような思いは起きなかった。

二十歳の若者である正造が、なぜそれを選択しなければならなかったのかを、真摯な気持で受け止めねばと思ったのである。思いこみや偏見を持たずに、冷静な気持で聞かねばならないと自分に言い聞かせていた。

順を追ってもなにも、正造は江戸藩邸に着いたところから話し始めたのだが、話が急に飛んだりもした。要するに源太夫に聞いてもらいたいことを中心に、そうでないと思えば、あるいは知られたくない部分は端折ったのだろう。

「おお、無事についたか。遠藤さんから連絡は受けておる。わからぬことがあれば、なんでも聞いてくれ」

そう言って迎えてくれたのは、吉村萬一郎という名の十六歳の若者であった。

第一声を聞いた途端に、正直なところ正造は安堵した。吉村は五尺六寸（約一七〇センチメートル）と大柄で中肉、声がおおきくて明るく、おおらかで開けっぴろげな性格だと感じられた。

「森正造です。どうかよろしく」

「こちらこそよろしく頼まあ。まだ九歳だそうだな。早熟の麒麟児だから、凡才のヨシマンは、あ、ヨシマンてのは吉村萬一郎の吉と萬を繋げたものだが、ヨシマンなんざすぐに追い抜かれると遠藤さんに脅された。なんせ、こっちは絵を習い始めたのが十三という奥手だからな」

園瀬藩の上屋敷は愛宕下に、中屋敷は西から東へと流れる神田川の河口に近い北側、大名屋敷や旗本屋敷が混在する下谷にある。

正造は上屋敷に用がある藩士に同道して江戸に着くと、中屋敷の長屋に吉村を訪ねた。

江戸詰め藩士の長屋は屋敷の外壁に沿って造られているが、勤番侍や短期間留まる藩士の長屋は、それとはべつに二棟並べて建てられていた。ほかに臨時雇いの中間部屋もあった。

出入口がそれぞれ畳一枚分の土間と板間で、部屋は六畳と四畳半である。六畳や四畳半の一間部屋もあるそうだ。吉村が正造の面倒を見るということで、二間続きに移れたとのことであった。

江戸藩邸で書役の見習いをしながら狩野派の絵を学ぶとのことであったが、それは名目で実際は絵の習得に励めばよいらしい。それがわかって正造は気が楽になった。

ただしそれは、吉村のように藩校で学んだ者の場合である。七歳で年少組に入って九歳で江戸に出た正造は、あと二年くらいは手習や素読をやりながら、並行して絵を学ぶことになる。

江戸に着いていくらか落ち着くと、吉村が絵の師匠となる狩野家に連れて行ってくれた。指導を受ける絵師に紹介され、実際に弟子たちが学んでいるところ、描いているところを見学したのである。

園瀬の神童も江戸では多少描ける程度でしかない。自信もやる気も十分にあったし、夢を抱いていたものの、正直言って正造は打ちのめされた思いであった。

吉村は絵師としばらく相談していたが、以後の正造の指導に関して大筋を決めたらしい。

正造は最初の一年は、実際に絵を学ぶことはほとんどなかった。

藩校で学んでいたことを継続せねばならなかったが、それだけでなく、絵を学ぶまえに為すべきことが多かったからである。吉村からは各種の筆とその手入れについて、また絵具と色名、さらには自分が学ぶことになっている狩野派などについて教わった。

室町幕府の御用絵師として活動した狩野正信に始まって現在に至る狩野派の歴史、また主な絵師とその仕事も知っておかねばならない。

奥絵師と呼ばれるもっとも格式の高い四家、それに次ぐ表絵師の十五家は、御公儀や寺社の画業を受け持っていること。その下に町人の求めに応じる町狩野があることなどを、である。

旗本と同格で将軍へのお目見えと帯刀が許された奥絵師には、鍛冶橋家、木挽町家、中橋家、浜町家がある。園瀬藩の絵師は代々、浜町家の絵師に師事していた。

また美人画や役者絵、風景画が得意な町の絵師やその流派、蘭画と呼ばれる西洋絵画などに関しても、ごく概略を教えてもらった。

二年目に入ると勉学の合間に吉村から絵の手ほどきを受けたが、ほぼ園瀬にいるあいだに遠藤から学んだことの範囲であった。しかし筆が握れること、絵を描た。


けることで、飢えるような思いは、いくらかではあるが癒された。

吉村は浜町狩野家に、毎日出掛ける訳ではなかった。師匠である絵師の都合なのかもしれないが、時刻も決まっていないのである。

休日は十日に一日の割であったが、吉村は園瀬しか知らない正造をあちこちに連れて行ってくれた。中屋敷から近くて繁華なのは、金龍山浅草寺と両国広小路で、ともに小屋掛けの見世物や食い物屋や茶屋も多い。

それから上野のお山や不忍池、湯島天神、日本橋、向う両国の回向院、赤穂義士の墓所のある高輪泉岳寺、芝の増上寺などへも足を運んだ。

また寄席や講釈場、芝居小屋にも連れて行ってくれたが、正造をダシにして吉村本人が楽しんでいるのではないのかと、そんな気がするくらい、吉村はおもしろがって、おおきな声でよく笑った。

それらの木戸銭や飲食代は、すべて吉村が出してくれた。

正造が江戸に来る直前に父を亡くし、母一人子一人だと知ると、吉村はまるで弟のように面倒を見てくれたのである。正造が申し訳なく思うと、安心させるためだろうが、次のように言った。

「おれは萬一郎となっているが、長男ではなくて気楽な三男坊でな。家は海上方で兄貴が継いでいるが、扶持以外の実入りがあるので気にすることはねえよ」

そう言われても正造には訳がわからなかったが、吉村がほのめかしながら言ったことから判断すると、次のようなことらしい。

吉村家は九頭目家が領主となるまえから、園瀬の海岸地帯の支配者であった。強力な水軍を有し、航行する船から船銭を徴収していた。古くは艘別銭、最近では石銭と言っているが通行税である。

九頭目家が領主となると、吉村家は横滑りして海上方に納まった。つまり水軍の将で中老格なのだが、どうやら藩には知られていない実入りがあるらしい。

吉村は江戸に出るに際してかなりの金を持たされ、以後も仕送りが届くとのことで、正造にすればなんとも羨ましかった。ところが絵師見習いなので、普段の出費はわずかである。

「だもんで、ときおりというより、けっこう頻繁に、北国に通っておるって訳だあな」

「北国、ですか」

間抜けた問いに聞こえたのだろう、吉村はまじまじと正造を見た。

「知らねえか。むりもねえな。北にあるのに暖けえ、夢の国だ。連れてってやりてえが、十一じゃあ、禿とままごとでもするっかねえもんな」

次第にわかるようになったのだが、吉村は正造と二人きりのとき、とくに照れ臭いときなどには、伝法な口調になるのであった。

北国が新吉原で、禿が花魁に付き従う遊女の見習いだと正造が知ったのは、もっとのちになってからである。だから吉村の言ったことは謎だらけで、まるで意味不明であった。

謎と言えば、吉村はさらに謎めいたことを言ったのである。

「だからおいらは泣きながら、寒くて暑い北国に通うのさ。いつかお絵描きするために」

「いつかって、吉村さんが正式に藩の絵師になれば、ということですか」

煙に巻かれたような正造を見て吉村は噴き出し、それから腹を叩き、涙を流しながら笑い続けた。

中屋敷の長屋にもどると、正造はそれらを手紙に書いて母親に送った。吉村との遣り取りは書かなかったが、そのときには書こうにも、意味がわからぬことが多くて書けなかったのである。

吉村という親切な先輩がいて、休みの日には江戸の名所や芝居に連れて行ってくれます。今日はどこそこへ行って、とても楽しかったというふうな、他愛ない便りである。

見習いで手当てもほとんど出ないため、飛脚便を頼むことはできなかった。藩では十日に一度、連絡事項などの書類を送る便を江戸と国許で行き来させていた。藩士であればそれに託すと運んでくれるので、正造はそれを利用した。母への手紙と遠藤宛の簡単な報告を、である。

母の小夜からの便りは、健康にくれぐれも気を付けるように、母は元気にやっているので安心するようにと、ほとんど判で捺したような内容であった。季節の変わり目には衣類が届くこともあったが、そんなときにはさすがに母が恋しくてならず、思わず涙ぐみもした。

藩邸の門限は暮の六ツ（六時）だが、届けさえ出しておけば四ツ（十時）までは出入りができることも知った。

吉村はときどきなにも言わずに姿を消すことがあって、そんな日は帰りも遅い。正造は疲れて寝ているが、含み笑いや寝言で目を覚ましたこともある。部屋中が酒臭い中で、吉村が大鼾をかいていることもあった。

江戸に来て一年半で、正造はいよいよ狩野派の絵を本格的に習い始めた。吉村は藩校での勉学の続きを二年と見ていたが、正造はかなりむりをしてそれを半年縮めたのである。

と言っても最初は手本である粉本(ふんぽん)をひたすら学ぶだけであった。粉本を見ながら模写し、構図や筆遣いを覚えるのである。徹底してそれをやらされたが、つまり門人であるなら、絶対にある水準に達していないければならないということだ。

四

「ちと、早いかな。いや、早いことはなかろう。匂いを嗅(か)ぐくらいならよしとしよう」

江戸に来て二年が経ったある日のこと、吉村が正造に言っているのか、独り言かわからぬ言い方をした。

「正坊(しょうぼう)は園瀬を出て二年だな。いくつになった。十二だったっけ」

「十一です」

「おれは十四だったから、十一はやはり早いか。だが、麒麟児だからな。ま、飲まなきゃいいだろう。おれもそろそろ江戸におさらばだしな」

門限をすぎてからの帰邸になる届けを出して、まだ陽のあるうちに正造は吉村に連れられて中屋敷を出た。

吉村はどこになにをしに行くなどとひと言も言わず、「おう、ちょっくら付きあいねえ」と、返辞を待たずにすたすたと歩き出した。正造は黙って従うだけであった。

そのころには、吉村は正造と二人だけになると、とても武士とは思えぬ伝法な口調になっていた。

着いたところは中屋敷からはさほど遠くない、神田川が大川（おおかわ）に出る手前、浅草（あさくさ）御門の北側にある福井町（ふくいちょう）の縄暖簾（なわのれん）「虱」である。軒の灯（あか）り入り看板を見て、正造は首を傾げた。

「シラミとは妙な名の見世ですね」

吉村はふふふと笑った。

「洒落（しゃれ）て読んだらどうなる」

「シャレ、ですか」

懸命に考えたがわかるはずがない。言葉遊びとか洒落などにはまるで無縁だったからだ。そう言えば話しているときに吉村が苦笑し、がっかりするようなことが何度もあった。相手が洒落ているのに、正造がわからないどころか、気付きもしなかったからではないだろうか。

「能なし」

洒落がわからないくらいでその言い方はないだろうと、さすがに正造はムッとなった。

「おっと、怒っちゃいけねえ。店の名じゃねえか」

自分を呪(のろ)いたくなった。ますますわからなくなって混乱したからである。

「虱は風に似ているが、虱には欠けてるものがあるな」

「左側がありませんね」

「そうだ」

と言われても、正造はわからなかった。吉村はじれったそうになったが、しょうがねえなぁという顔で続けた。

「片仮名のノがないように見える。ノなしではおもしろくないので、伸ばしたんだな」

「ノーなし、それで能なし。あ、なるほど」

洒落だかなんだか知らないが、くだらぬことをおもしろがるものだ、というのが正直な気持であった。

「正坊さあ、洒落を説明させるほど野暮はないんだぜ。そのうち連れてってやるが。こう言う名の見世がある」と言って、吉村は空中に九と書いた。「なんと読む」

正坊と子供扱いされるのもかなわなかったが、野暮と言われたのが堪えた。九はク、でなければキュウだろう。しかし吉村が問うからには、まともな読みではないはずだ。が、叩いても絞っても、なにも出てこない。投げたという顔をすると、吉村は「だろうな」とでも言いたげな顔でニヤリと笑った。

「イチジクと読む」

「イチジク、イチジク。そうか、一字で九だからイチジクですね」

ただのこじつけではないか。

「ほんじゃ、これは」と、吉村は空中に一と書いた。「漢字だぜ。実際にある苗字だとさ」

ウームと唸って正造は頭を捻ったが、吉村が漢字だと断ったことに意味がありそうだ。だが思い付いたのは、どうにも洒落た答とは言えない。しかしほかに思い付かないので、しかたなく言った。

「まさかニノウエでは」

「まるっきり洒落がわからぬと言うのでもなさそうで、ちょっぴりだが安心したぜ。以後も精進なされ」

認められたというより、からかわれたというのはわかっていた。

井の中の蛙(かわず)でいてはだめだと正造がしみじみと思ったのは、そんな遣り取りがあったからではない。

そのあとだ。

「いつまでも立ち話をしてちゃ、埒(らち)が明かねえ。入ろうぜ」

吉村が「虱」の暖簾を潜ったので、正造はあとに続いた。

まさにかぎられた世界にいて狭い視野しか持てなければ、大海を知ることができないということを痛感させられたのである。

江戸に来て二年になっても、正造はほとんど藩邸を出たことがなかった。最近は浜町の狩野家に不定期に通うようになったが、あとは吉村に連れられて江戸名所を見物し、小屋掛けの見世物を観、芝居や寄席に行くくらいである。

それも最初のうちは、客が感心したり笑ったりするのに、着いて行けなかったのだ。

「なに、気にすることたぁねえ。最初はおれもそうだったが、通っているうちに次第にわかるようになり、おもしろくもなるのさ。そんなもんだ。だからわからなくてもいいから、芝居を観ろ、落語を聴け。なんたって洒落の宝庫だからな」

そのような、馴染めないとか、わからないなどというのではない。自分がぼんやりと考えていたことが根底から覆されて、愕然となったのである。

園瀬藩邸の周囲は、大名と旗本の屋敷で占められている。白塀に囲繞され、堅牢な門は閉じられたままで、関わりを一切拒否する閉鎖空間としか思えない。各藩は藩ごとにまとまっていて、藩士たちの付きあいはほとんどがおなじ藩の上中下の屋敷内にかぎられている、と正造は思いこんでいた。

ところが、とんでもない。

福井町の縄暖簾「虱」に集まったのは、吉村と親しい絵描きやその卵たちであった。それはいいとして、思いもしなかったのはその顔触れだ。

吉村や正造のような大名家の家臣がいれば、旗本や御家人の部屋住み厄介と呼ばれる次三男坊もいたし浪人もいた。それればかりではない。商人や職人もいたのである。もっとも商人は大店のあるじや息子、それに隠居、番頭などであったし、職人も親方と呼ばれる人たちであった。また幇間や俳人もいた。

接点はだれもが絵を好きで、実際に描いているということであった。ことだけ、と言い切ってもいいかもしれない。

それ以上に驚かされたのが、格の高いとされている狩野派の自分たちだけでなく、町絵師と呼ばれる勝川（かつかわ）派、歌川（うたがわ）派、喜多川（きたがわ）派などの絵師が集まっていたことである。

その瞬間まで、正造には想像もできないことであった。しかも身分や流派にはまったく関係なく、最低の礼儀は守っているものの、だれもが対等に接していることが驚きであった。

世の中は士農工商と階層がわかれ、それはゆるがせにできないし、それぞれが自分の分を守ることで維持できている。正造はそう思いこんでいた。

おなじ藩士であっても、書役から絵師になるだけで親類中から猛反対に遭ったのである。ほとんど絶縁状態になったし、父の同役からは村八分より酷い扱いを受けていた。

正造にすれば社会の裏というか、本来の構造と外れたべつの世界があると言うことが、信じられなかった。

しかし「虱」に集まった連中は、身分や階級、年齢などに関係なく、絵を描いているという接点だけで交流し、酒を飲みながら談笑している。

「わが園瀬の麒麟児、森正造を紹介させていただきます。当年とって十一歳ですが未完の大器です。どうか森正造の名前をお忘れなきように。十年後、いや五年後にはかならず世に知られた絵師になりますから。森正造です」

吉村は三度も名前を繰り返した。ともかく正造が少年ということもあるのだろうが、やんやの喝采のうちに受け容れられたのである。

明るくておおらかな吉村は人気者らしかったが、それがかれの潤沢な資金にもあるらしいことは、やがてわかったことであった。

月に一度「虱」に集まって飲み、親睦を深め情報を交換しあう集まりということだ。名称は「虱の会」、つまり「能なしの会」と洒落ているつもりなのだろう。

会の長老らしき歯の抜けた老人がしきりに酒を勧めたが、十一歳の年齢を理由に正造はなんとか断ろうとした。

「正坊、そりゃ野暮ってもんだぜ。せっかく名誉ある虱の会に迎えられたんだ、一杯だけ飲みねえな」と言ってから、吉村は全員に断った。「よろしいですか、皆さん。今日は一杯だけです。一杯だけ」

「いいでしょう。ただし次は二杯、その次は三杯ですぞ」

しかたなく飲んだのだが、苦いだけでまるでおいしくない。それが顔に出たのだろう、全員が爆笑した。そして最年少の十一歳ということもあって、吉村の言った「正坊」が、正造の呼び名となってしまったのである。

和気藹々（わきあいあい）のうちに会は進んだが、正造はぼんやりしてほとんど憶えていなかった。初めての酒というだけでなく、集まった人々の熱気に中て（あ）られたのだろうか。

吉村によるとこの種の集まりは、いろいろとあるらしかった。趣味とか芸の集まりで一番意味があるのは、その人物の能力と人間的な魅力なのだそうだ。俳諧、短歌、川柳（せんりゅう）、狂歌、唄や管絃（かんげん）、趣味とは言えないが武芸の剣術や槍術も、それに近いところがあるかもしれない。

「目から鱗（うろこ）が落ちる思いです」

虱の会のあとで正造が正直に感想を述べると、またしても吉村は意外なことを言った。

「気ままな考えでいるのは、つまりあそこに集まっておるのは例外中の例外でな。どの流派も九分九厘は凝（こ）り固まっておるのよ。自分に自信がねえから、しがみついてなきゃいられないのさ。特に狩野はな」

次々とひっくり返ってしまうようで、正造は落ち着かなくなった。なにか、確かな根拠となる物が、寄り掛かっても微動もしないものがあればいいのに、と切実に思ったのである。

「自分たちが一番確かだと思ってなきゃ、不安でならないのだ」

例えば勝川春章の弟子の春朗、のちの葛飾北斎は、ほかの流派の絵を学んだのを理由に勝川派を破門されてしまった。もっとも自分から飛び出したと言う者もいるし、かれの才能に嫉妬した先輩連中がいびり出した、とも言われている。

「だがよう、正坊。だれだっていい絵を描きたいじゃねえか。納得のいく絵を描きたいよな。となると必死になって腕を磨くだけでなく、山水画であれ鳥羽絵であれ、はたまた蘭画であれ、自分がいいと思やなんだって取り入れたいと願うのが人の情じゃねえかい」

「そうですね」

「なんだか頼りねえなあ。まあいいや。虱の会を紹介してやった。続けるかどうかは正坊次第だ。ほかにもいろいろおもしろいこと、いいことはあるだろうから、続けたほうがいいと思うがな。それから、これだけは言っておかなきゃなんねえ」と、吉村は珍しく真顔になった。

「虱の会を続けるかどうかは正坊の勝手だが、浜町では決して漏らすんじゃねえぜ。会のことはもちろん、出入りしている連中と付きあってることもな」

その後も正造は吉村とともに虱の会に出席したが、いっしょに参加したのは、最初に紹介してもらったのを含めて都合三回にとどまった。

吉村が修行を終えて園瀬に帰ったからである。

五

浜町の狩野家で修行を続けながら、正造は虱の会にも必ず顔を出した。会員たちと絵を見せあったりしたが、そのうち正造の評価が次第に高まって行った。若いにしては完成度の高い絵を描くと、会員たちのだれもが認めるようになったからだ。

狩野家では相変わらず粉本に取り組んだが、飽き足りなくなるのをどうしようもなかった。

しかし修行中の身である。園瀬に帰って見習いとなり、絵師の手伝いをしながら実績を重ねて、ようやく念願の藩お抱え絵師となれるのだ。道は遠いので、なにがあっても我慢しなければならない。

それだけに、虱の会が楽しくてならなくなったのである。親しくなった絵師の家を訪問したり、絵を見せてもらったりもした。中には収集している人もいて、いろいろな絵師の絵を見せながら、なにかと教えてくれたのであった。

またどの藩もかなりの絵画を所蔵していたし、襖や屏風、衝立（ついたて）などには名のある絵師の描いたものも多い。それを知った正造は、ある日、それらを見せてもらいたいと江戸留守居役に頼んでみた。園瀬から絵の修行に来たことは、江戸に着いてすぐ挨拶したので、留守居役の古瀬作左衛門（こせさくざえもん）は当然知っている。

暇なおりにはそれらを見せてもらったが、留守居役には博識な人が多く、古瀬の説明もまた的を射たものであった。教えてもらいながらあれこれと質問したが、相手は次第に興味を示したらしく、そのうちに正造の絵を見たいと言ったのである。

園瀬藩の場合、江戸家老の住まいは上屋敷に、江戸留守居役に関しては中屋敷に、狭いながらもそれぞれ別棟として建てられている。いっしょに食事しながら絵を見せてもらおうと、正造は古瀬に日時を指定された。

見てもらう絵については迷うことがなかった。狩野家で粉本を見ながら描いた鯉にしたが、体をうねらせて泳ぐ姿が見本と遜色ないと師匠に褒められたからである。

「みなの者、これを見よ」と、師匠は模写する弟子たちに言った。「鯉の動きを見事に捉えておる。ただ模写するだけでなく、この鯉のように描かれる物の料簡にならねばならん」

普段、口うるさく欠点を指摘するだけの師匠が、手放しと言ってよい褒め方をしてくれた。

それからかなり迷ったのだが、写楽の描いた「口上を読む都伝内」の模写も見てもらうことにした。錦絵版画なので、狩野派の絵師にわかれば譴責どころですまないのはわかっていた。だが絵に関しては素人の古瀬に見せるだけなら、問題ないだろうと思ったのである。

裃を着用した伝内が正座して口上を読みあげる座像だが、画面いっぱいにほとんど空白なく描かれた人物の、安定した構図がすばらしかった。また目を細めて読みあげる豊頬の老人の表情が、なんとも言えず魅力的だったから、夢中になって模写したのである。

「おお持って来たか」と、古瀬は笑顔を向けた。「あとでゆっくりと見せてもらおう」

座敷に通されると、すぐに妻女が箱膳を運んだ。女中なり下女なりがいるはずだが、五十歳まえと思われる夫人が用意を調えた。それも三人分である。

留守居役夫妻と正造の、三人で食べようと言うのだろう。異例ではないだろうかという気がしたが、父を亡くし母と二人暮らしの正造には上層部のしきたりはよくわからない。

箱膳には魚のお造りと野菜の煮物の皿、漬物の小皿、味噌汁の椀が置かれ、夫人がお櫃から湯気の立つ飯をよそってくれた。

胸のまえで両手をあわせると、正造は箸を取って静かに食べ始めた。ゆっくりと食べ、食べ終わると飯茶碗を箱膳にもどした。

「お替わりなさいな」と言われてためらっていると、夫人は笑みを浮かべた。

「お若いのだから、食べなくてはだめですよ」

「では、半分だけいただけますか」

にじり寄って碗を受け取った夫人は、八分目ほどよそってくれた。

三人がほぼ同時に食べ終わった。

「ご馳走さまでした。煮物がとてもおいしくて、母の味を思い出しました」

「母上のですか。なによりの褒め言葉で、よかったわ。すぐ茶を淹れますね」

やはり、正造のために手ずから料理してくれたらしい。

「では、見せてもらうとしよう」

「はい」

正造は風呂敷包みを解き、先に鯉の絵を手渡した。

「おお、これは見事だ」

そう言った切り、古瀬は喰い入るように見詰めている。

茶が入って茶碗が置かれると、それを夫人に見せた。

「まあ、お上手ですこと」

古瀬は含み笑いをした。正造がもう一枚の絵をそっと差し出すと、相手は目を見開いた。そして目を細めて全体を見、ふたたび見開いて絵の各部、特に顔を長い時間見ていたが、やがて溜息を漏らした。

鯉の絵を畳の上に置き、横から覗きこんだ夫人が思わず手で口許を押さえた。

「都伝内と申す歌舞伎の座元が、口上を読みあげる図だと聞いております。錦絵版画を模写しました」

　それから夫妻は二枚の絵を交互に、しかも繰り返し見た。そして顔を見あわせると、どちらからともなくちいさくうなずいた。

「では決めるとするか」

「そうなさいまし」

「実はな」と、古瀬は正造に言った。「わしも知命（ちめい）なので、これを機に絵姿を残すことにした。腕は確かだと聞いておったのだが、あまりにも若いので一度絵を見せてもらおうと思うてな」

　五十歳を記念に肖像画を描くというのだ。

「まさか、それをわたくしめに」

「頼むことに決めた。やってもらえるか」

　あまりにも思い掛けないことに、正造は呆然としてしまった。

「いかがいたした」

「わたくしなどが描かせていただいて、よろしいのですか」

「良いも悪いも本人が頼んでおるのだ。これほど確かなことはなかろう」

「まだ修行中の身ですので」

「絵にとって重要なのは巧みであるかどうかで、年齢や修行中、見習いかそうでないか、などは関係なかろう」

「ではやらせていただきます」

「段取りはどうなる」

裃を着て正座した姿を、見る角度を変えて何枚か下絵に描き、仕上げに五日から十日ほどが必要であった。

「御留守居役さまですから、大刀をお持ちになるより、書見台をまえにしておられるところが、よろしいかと思いますが」

「書見中となれば、伏し目がちになりはしないか」

「正面からでなく左か右の前方から、それも少し下から仰ぎ見るように描きますので、その心配はございません。また、実際にお姿を拝見してから、もっともいい位置、角度などを考えるようにいたしますので」

「いつからやってもらえる」

「わたくしは明日からでもよろしいですが、御留守居役さまのご都合はいかがでしょう」

園瀬藩江戸留守居役の屋敷は下谷の中屋敷にあるが、留守居役は愛宕(あたご)下の上屋敷に出向くことが多く、泊まりこむこともあった。

正造が古瀬の予定を確認すると、夫人が六ツに来るようにと言った。

「いっしょにお食事して、一休みしてから描いていただきましょう」

「ああ、それからな、この件に関しては人に話さないでもらいたいのだ」

「それは心得ておりますが」

なぜに、という顔をすると、古瀬は照れたように笑った。

「あの分際で絵姿を描かせるとは太いやつだ、などと陰口を叩かれてはかなわぬでな」

正造が屋敷を辞そうとすると、夫人が紙包みを渡した。

「お腹が空いたときにお食べなさい」

長屋にもどって包みの中身を見ると、外郎(ういろう)であった。

そのような経緯があったので、古瀬に外出の用がない日には夕刻の六ツに出掛けて三人で食事し、茶を飲んでから下絵を描いた。古瀬には供侍がいるはずだが、下男を見たことはあったのに家来の姿は一度も見ていない。絵姿の件は、家来にすら知られたくなかったのだろうか。

飛び飛びに都合三日間で下絵を描くと、五日掛けて肖像画を仕上げて届けた。すっかり喜んでもらえたが、帰るときに紙包みを渡された。怪訝な顔をすると、僅かだが謝礼だとのことであった。

長屋にもどって確かめると二分金が入っていた。一両の半額だから、修行中の身にとっては大金だ。

それから十日ほどした日、その日は浜町に行く日ではなかったので、正造は虱の会の会員に借りた『北斎漫画(ほくさいまんが)』を念入りに見ていた。人物の表情の大袈裟な描写は、狩野派の粉本には絶対に見ることのできぬおおらかな表現で、溜息が出るほど自由な筆致にただ見入っていた。

八ツ(午後二時)ごろである。

「邪魔するぞ」

声とともに、格子障子を開けて入って来たのは古瀬作左衛門であった。おなじ中屋敷にいるとはいえ、留守居役が長屋に姿を見せることなど考えられないので、正造はすっかり焦ってしまった。

「御留守居役さま」

「ちと、頼みがあってな」

「どなたか寄越していただければ、すぐまいりましたものを」

「いや、急な用で、すまぬが行ってもらいたい所ができた」

「よろしゅうございますが」

行く先を訊くと、五町（五五〇メートル弱）ほど離れた大名屋敷に、留守居役を訪ねてもらいたいと言う。

「実はな、描いてもろうた絵姿があまりにも見事なので、大人げないと思うだろうがつい自慢したのだ。見たいと言うので見せたところ、この絵師を本日七ツ半（午後五時）に寄越すようにと言われた。そちの都合を訊かずに決めてしもうたのだ。悪いが頼まれてくれんか。なにかと世話になっておる御仁ゆえ」

「よろしゅうございます」

「すまぬが頼む」と、行き掛けてから古瀬は振り返った。「絵姿を頼まれるかもしれんぞ」

小遣い稼ぎになるのではないか、との含みが感じられた。用務中に抜け出したらしく、留守居役は足早に帰って行った。

六

ところが妙なことになったのである。

指定された時刻に訪ねると、脇玄関に近い部屋で待たされるとばかり思っていたのに、留守居役平吉右衛門の執務室に通された。

挨拶すると振り向いた平が、正造を見るなり不機嫌極まりない顔になった。

「なんだ。絵師は来られぬのか」

「いえ、そうではありません」

正造が返辞すると、留守居役は怪訝な顔になってしばらく睨んでいたが、まさか、という顔になった。絵師の都合が悪いので、子供を断りの使いに寄越したのだと勘ちがいしていたらしい。

「園瀬藩の御留守居役の絵姿を描いたのは、よもやその方ではあるまいな」

「わたくしが描きました」

はっきり言ったのに、平は信じられないらしい。

「突っ立っておらずともかく坐れ」

留守居役が顎をしゃくったので、正造は言われたまま坐った。

「若い絵師だとは聞いておったが、確かに若いな。若いが、それにしても若い。若すぎる」

とは言われても正造としてはどうしようもない。古瀬は平に若い絵師と言っただけで、正造の年齢を伝えていなかったようだ。平はまさか十代とは思ってもいなかったのだろう。

「何歳にあい成る」

「十一歳でございます」

「古瀬どのの絵姿を描いたのは、確かにその方であるな」

よほど意外だったらしく平は念を押した。

「はい。わたくしでございます」

平吉右衛門は腕を組んで目を閉じたが、すると目尻に深い皺（しわ）ができた。頭髪や鬢（びん）にも白いものがかなり見える。古瀬より五歳、いや七、八歳は老けているのではないだろうか。

「模写を、絵をそっくりに写すことはできるであろうな。形だけでなく、色もだが」

正造は念のために持参した、先日古瀬に見せたのとおなじ絵を平のまえに並べた。

「この二枚、鯉と都伝内の口上読みの絵ですが、ともにわたくしの模写したものでございます」

平はまじまじと見てから言った。

「そうか。となると、齢だけであるな。問題は」

年齢だけが問題とは一体どういうことだろうかと考え抜いたものの、やはり見当も付かない。

「黙って、ただおなじように引き写し、しかも一切他言しないと約束できるなら、いい小遣い稼ぎになるのだが」

「やらせてください」

思わず言ってしまった。古瀬作左衛門の肖像を描いて、二分という思いもしない大金を得たことが頭にあったからにちがいない。

まだ先になるだろうが、帰国に際しては母になにかお土産(みやげ)を買って帰りたかった。できれば園瀬では買えない、さすが江戸だと喜んでもらえるような品を。一瞬、そんな思いが頭を過(よぎ)って、言葉が口から出てしまったのだろう。

「しかし万が一、そんなことが知れてしもうては、古瀬どのになんと言われることか」

「わたくしは絶対、口に緘(かん)します」

手習教本で憶えたばかりの言葉が口を衝(つ)いたが、あとで考えて見るとそれが功を奏したのかもしれなかった。

「口に緘、か」と平は薄く笑い、すぐ真顔にもどった。「そこまで申すなら、ともかく見せるしかないようであるな」

ほとんどつぶやきだったが、正造よりも自分に言ったのかもしれなかった。

「付いてまいれ」

そう言うと平は先に立った。正造は黙ってあとに従った。

この藩でも留守居役の屋敷は、狭いながらも別棟として建てられていた。

「人が来ても待たせておけ。用はすぐに片付くのでな」

「畏（かしこ）まりました」

驚いたのは妻女が平吉右衛門よりひと廻り以上は若かったことだ。三十代の半ばであろうか。もしかすると三十になるやならぬか、かもしれなかった。大人の女性の年齢は、正造には見当が付きかねた。

あるいは後添えかもしれないな、よく事情を知りもしないで正造はそんなふうに思ったのである。

ところが事そこに至っても平は迷い、悩んでいるふうであった。

「ともかく見てもらおう」

そのころになると、正造もあるいはと思っていた。平は鍵付きの文箱から問題のそれを取り出した。

見せられたのは、予想していたとおりの絵であった。

何枚もの組物になった春画である。

女体を知る訳もない正造にも有無を言わせず迫る強烈な絵で、全身の血が滾るような気がした。正造は押し殺そうとしたが、できる訳がない。

だからこそ平は、あれほどまでに年齢に拘わったのだ。

「そちはやると言ったが、それがかくのごとき、いわゆるワ印であるだけにな。これを忠実に写し取ってもらいたいのだが、どうだ、そのほうにできるのか、本当に」

「勝手にそんなことをしてもよろしいのですか。もしわかれば、とんでもないことになるのでは」

「なぜにわかる。この手の物は、秘匿して人に見せるものではない」

「ですが、もとの絵師が」

「知れば怒り狂うやもしれんな。であるが、だれにも見せぬものが、なぜに絵師に知れるというのだ」

「それはそうですが」

「それにしても見事な絵であるな。実に美しく描けておる。これを描いたのは、名の通った絵師だそうだ。名を挙げれば知らぬ者なしというほどのな。模写するだけでも得るところは多いと思うが、絵師としてやってみようとは思わぬか」

確かに狩野派の粉本では得られぬ技を、修得できることは明らかであった。気持がかなりぐらついたのがわかりでもしたように、平がゆっくりと粘り付くように言った。

「仕上がりを見てからになるが、礼ははずむぞ」

「ですから、先ほども申しましたが、やらせていただきます」

礼金も魅力であったが、それよりも平は、古瀬の絵姿と二枚の模写を見た上で依頼してくれたのである。絵師として認めてくれた上は、是(ぜ)が非(ひ)でも受けぬ訳にはいかないではないか。たとえ春画であっても、だ。いや、知らぬ世界だからこそ、平の言うように得るところも多いはずであった。

「さて、どうやるかが問題でな。持ち帰って描いてもらえればいいのだが、そういう訳にはまいらんのだ。わしの物ではないし、それよりも一点ものでな。紛失しては取り返しがつかぬことになる」

平は少し考えてから、絵を鍵の付いた大型の文箱に仕舞うと、付いて来るようにと言って先に立った。

通されたのは六畳間で、出入り口は襖、一間半が庭に面した障子で、文机と書見台、行燈が置かれている。左右はともに壁で書棚となり、何段にも書籍が積み重ねられていた。

書見をしたり、持ち帰った書類を調べたりする平の居室らしい。

「ここで仕事をすることも多いので、だれにも入らぬようにと命じてはおるが、わしのおらぬときには出入りはできぬこともない」と言って、平は文箱の鍵を正造に渡した。「絶対になくしてはならんぞ。あ、待て」

一度渡した鍵を摑むと、平は部屋を出て襖をピシャリと閉めた。妻女を呼び付けてなにかを命じたらしい。部屋に入るとまたしても襖を閉め切った。

「絵の修行をしておるとのことだが」

「はい。浜町の狩野家に不定期に通っております」

「決められた日時に、絵を仕上げて持って行くこともあるのか」

「行く行くはそのようなことがあるかもしれませんが、今は教えてもらうだけです」

「では、出掛けぬ日はここで模写に励んでくれ。昼の飯は用意する。いや、朝は六ツ半（七時）にここへまいれ。朝食を摂って、五ツ（八時）からやってもらおう。根を詰めれば疲れるゆえ、こまめに休息を取るがよい。ただし庭を散策するなど、部屋を離れるおりには絵を仕舞って鍵を忘れぬように。厠くらいなら施錠せずともかまわぬがな。厠は部屋を出て廊下を右に進み、左に折れて濡縁の突き当たりの左にある」

「お持ち致しました」

「おう」

平は部屋を出てすぐにもどったが、襖をきっちりと開閉した。それにしても慎重だと、正造はいささか呆れてしまった。

細紐を通して輪にした文箱の鍵を、平は正造に渡した。

「これを首に掛けておけ。風呂に入るときも外してはならんぞ」

あまりにも芝居掛かっているので、紐を首に掛けながら、正造は笑いを堪えるのに苦労した。平もさすがに大仰で滑稽なことに気付いたらしい。

「このような物を見られてみろ、わしはどんな顔をすればいい」

家来の若侍に見られたら気まずい思いをせねばならないだろう、と、当時の正造はその程度のことしか思わなかったのである。

もっとあとであれば、「虱の会」の中年や初老の男たちから、閨房(けいぼう)でのあれこれや悩みなどを冗談や愚痴混じりに聞かされたので、およその見当は付いただろう。そのため平が若い妻女のために秘(ひそ)かに春画を見て、自分を奮い立たせていたのだとわかったはずだ。

だがそのときは、あまりにも無知でありすぎた。

「それからな、そちのような年若な者がわしの部屋に籠っておると、怪訝に思うて、なにをしているのかと訊く者がおるやもしれん。その折は、わしに頼まれて特殊な書の筆耕をしておると答えておけ。あとはなにを訊かれても、知らぬ存ぜぬ、で通すがよかろう」

正造はいささか呆れたが、江戸留守居役ともなると常に隅々にまで気を配らねば、役目が務まらないのかもしれない。

絵具、筆、紙、絵皿などを毎日持ち運びする訳には行かないので、一式をそろえてもらうことにした。

翌日から正造は、浜町に行かぬ日は平の部屋に詰めて模写に励んだ。

あれだけ濃(こま)やかな心遣いの平であれば、進み具合が気にならぬはずがないが、仕上げるまで一度も部屋には姿を見せなかった。と言うより、見せられなかったのだろう。

朝は別室で食事をすませて茶を喫した正造が作業を始める五ツには、部屋を引き払っていた。あるいは自室に籠るのは、仕事を終えて帰宅してからのみなのかもしれなかった。

夕刻の七ツ（四時）には、正造が退出している。平は上屋敷に出向くことが多く、中屋敷で執務していても暮六ツまえに終えられることはまずなかった。

そして紐に通した文箱の鍵は、常に正造の首に掛けられていたのだ。

模写は、線も色も原画をそのままに引き写さなければならないので、自分の思うままに描くより遥かに疲れた。そして集中を持続することは、十一歳の正造には大変な苦痛となったのである。

正造は頻繁に休憩し、体を動かし、ときとして障子を開けて庭の池泉を眺め、小鳥のさえずりに耳を傾けた。

昼は平の妻女が襖の向こうから声を掛けると、絵を文箱に仕舞い、鍵をかけてから食事のために部屋を出る。食事をすませて部屋にもどると、腹がくちくなって眠くなり、腕枕でしばしと思いながら退出時刻まで眠ってしまったこともあった。

　模写を進めるうちに気付いたのだが、筆を執るまえに全体を、そして細部を見続けることがいかに重要かを痛感したのである。全体を、それも注視しないで、むしろぼんやり眺めていると、細部と全体との釣りあい、色のぼかしかたの微妙さなどがわかることがある。

　機械的にただ引き写すより、全体と細部を曖昧(あいまい)なままに感じてから筆を運ぶほうが、遥かに効率的なことに気付いたのだ。

　模写を仕上げた日、正造は一度園瀬藩の屋敷にもどった。

　そして平が夕食を終えたころを見計らって訪れ、文箱の鍵を返したのだ。待つように言われたので、玄関脇の控室で待ったが、平が姿を見せたのは四半刻（約三〇分）もすぎてからであった。

「上出来である」と、満面の笑みで平は言った。「元の絵より見事な部分もあるほどだ。感じ入ったぞ」

「いえ、名のある絵師だそうですから、とてもわたくしの及ぶところでは」

「いや、世辞ではない」と言ってから、平はしばらく間を置いた。「また頼むことがあるやもしれん」

そう言って平は紙の包みを押し付けた。模写賃ということだろう。

中屋敷の長屋にもどって改めると、一朱金が四枚包まれていた。つまり一分、一両の四分の一である。古瀬の肖像画の時の半額だ。模写するだけでこれほどの礼金が貰えるとは、正造は思ってもいなかったのでおおいに驚いた。

七

「正坊、しばらくだな」

声と同時に障子戸が開けられた。

「わッ、驚かさないでくださいよ」

振り返ると吉村萬一郎が笑っていた。

「驚かそうと思って連絡せずに来たんだから、そう言うな。しかし驚いたってことは、まずは成功だな。ほれ、土産だぜ」

「どうもありがとうございます。園煎餅ですか、懐かしいなあ」

いかにも吉村好みの名称だが、本人は認めたくないらしい。

「田舎だからしょうがねえか。園瀬と煎餅をくっつけて名付け、洒落たつもりだろうが、野暮ったいったらありゃしねえ」

　正造は吉村をその場に待たせると、小桶と雑巾を持って長屋を飛び出した。雑巾を濯いで絞り、小桶に水を汲んで戻ると吉村に足を洗わせて雑巾を渡した。

「ありがとよ。よく気が利くじゃねえか。江戸はいい所だが、埃っぽいのと犬の糞がやたらと多いのはいただけねえ」

「で、どのような御用でいらしたんですか」

「御用は野暮用よ」

「野暮用と申されましても」

「おれは藩お抱えの絵師だぜ。見習いだけどな」

「はい。存じてます」

「見習いってのは、どういう意味だか知っとるか」

「どういう意味と言いますと」

「なんだ、鸚鵡返しじゃねえか。見習いってのは雑用係りってことよ。だから見習いで、つまり雑用で江戸に来たってことになるな」

　なんと言っていいのかわからないので正造が黙っていると、逆に吉村が訊いてきた。

「で、どうでえ正坊のほうは。順調に稽古を積んでるかい」

「ひたすら粉本と睨めっこで、うんざりですよ。いい加減、飽き飽きしてます」

「そりゃ、狩野家の門人になったんだから、仕方ねえさ。諦めるこったな」

いつもだが、正造は吉村の真意がわからず戸惑わされることが多い。

「なんのための粉本主義か、わかってねえらしいな」

「え、どういうことでしょう」

「なぜ粉本どおりに描けるようになるまで、模写に模写を重ねさせるか。答は一つ。大勢の下手な絵描きを作るためだ。忠実に励んだお蔭で、おれは連中のねらいどおりの下手な絵描きになっちまった。だから正坊、馬鹿正直にやるんじゃやねえぞ。やってる振りだけして、適当に流しちゃいな。でないとこのおれの、吉村萬一郎さまの轍を踏むことになる。気が付いたときは手遅れだから、今教えといてやる。老婆心ってやつだ」

漠然とではあるが、吉村の言いたいことがなんとなくわかるような気がした。

「大勢の下手な絵描きと言いますと」

「狩野派では屏風絵なんぞを大勢で描く。師匠が描くのは人物、獣や鳥、魚なんぞの生き物、花、それから建物のような、絵の中心となるものだけだ。周りを弟子たちが手分けして描く。うまい順、年季の順だな。若いのやそれほど上手でない連中が、端っこをやらされる。といって、最低の水準には達しておらねばならん。下手はしょうがねえが、下手すぎるのは困るってこった。だから粉本を見本にせっせと描かせるって訳だ」

「水準に達した絵が描けるようになる訳ですね、粉本で学んで」

「半分当たり、半分外れ。外れのほうが大問題だぞ。下手すぎる絵描きをなくすのはいいとして、問題は上手すぎる絵描きを作らねえってことだ。連中の、つまり狩野派の偉いさん方の本当のねらいはそっちにあると、おれは見てる」

話が飛躍しすぎて、またしても正造は戸惑わざるを得ない。吉村はじれったそうな顔になった。

「ひたすら粉本をまねて描き続けているとな、自分では気付かぬうちに型に嵌まって、それから抜け出せなくなり、気が付いたときには思うような絵が描けなくなる。それがわかった者は、粉本は適当に切りあげる。あるいは無視する。いい例が出羽国久保田藩主の佐竹曙山ってお大名だ。このお方は狩野派に学んだ。狩野派の連中はお大名の趣味か道楽くらいに思っていたが、あまりにうまいのに驚いたと言う。ところが平賀源内の教えを受けた藩士小田野直武から西洋画を学び、秋田蘭画で知られる大名絵師と呼ばれるほどになった」

　正造は実によくわかった。型に嵌まって抜け出せなくなりそうだと感じたので、距離を置くようにしていたからである。

「わかります。なんとなくですが」

「粉本ではなくて、とんだ噴飯ものだってことよ」

「しかし吉村さんは凄い」

「褒めても、なにも出ねえぜ」

「なにもかもお見通しですもの」

「だが、遅きに失した感がある。狩野派で習い始めて二年、せめて三年のうちに気付いてりゃなんとかなったはずだ。ところが十四から十八まで足かけ五年、どっぷりと浸かっちまったからなあ、狩野の粉本主義に。その弊害に気付いたのは園瀬にもどってからだ。正坊は今年で三年目だったな、江戸は」

「はい」

「だったら、辛うじて間にあうかもしれん。もっとも浜町に通いながら、まるっきりやらん訳にゃいかんだろうから、そこそこやってる振りはしてろよ」

「はい。そうします」

「それにしても素直だなあ、正坊は。遠藤さんが心配するはずだ」

「えッ、遠藤さんがですか」

「いたいけな九歳という幼さで江戸に旅立った、素直を絵に描いたがごとき、純真無垢な森正造少年は、生き馬の目を抜くと言われる江戸の地で、無事にやっておるだろうか。そんなふうに言っておったが、随分と心配しておられたぞ」

藩の絵師遠藤顕信は岩倉道場のあるじ源太夫とともに、正造が江戸で絵を学べるようにしてくれた恩人である。吉村が言ったように心配してくれているかどうかはともかく、心に懸けてくれていることはまちがいないと思う。

しかし言葉をやたらと並べたのは、いかにも吉村らしい言い方である。遠藤の名を借りて、自分の言いたいことを言ったのかもしれなかった。

「ところで吉村さん、江戸にはいつまでいられるのですか」

「わかんねえ。見習いが、つまり雑用がすみ次第帰ることになるだろうな」

言いながら吉村は、その辺に散らばっている絵を手に取って次々と見始めた。

「大したもんだ。わずかなあいだにここまで上達したか。とすりゃ、割のいい小遣い稼ぎの話もあったんじゃねえの」

まさか留守居役古瀬作左衛門の絵姿を描いたことや、平に頼まれて春画を模写したことを知っている訳はないが、と思いながらも、正造は訳がわからないという振りをした。

「三年目ってことは、九つで江戸に出たんだから正坊はまだ十二だな。とすりゃ、あそこに毛は生えてねえだろうから、となるとさすがに相手も頼み辛いわな。いくら腕がよくってもさ」

吉村も春画の模写などをやったのだろうか。割のいい、とわざわざ断ったくらいだから、普通の絵ではなくて春画やその類だろうという気がする。

しかし江戸にいるころの吉村は仕送りがあったそうだから、小遣い銭には困らなかったはずだ。もっとも絵の註文があれば、絵師の卵なら謝礼に関係なく喜んで描くだろう。それが思ったより多額だったということだ。

そのとき、時の鐘が七ツを告げた。

「お、いけねえ。もう、こんな時刻か。ほんじゃ正坊、また寄せてもらうぜ。そのうち飯でも喰おうじゃねえか」

吉村はあわただしく出て行った。見送ろうとしたが、鼻の先で障子戸を閉められた。

「なにぼんやりしてんだ」

正造は思わず声に出してしまった。自分の迂闊さに気付いて、腹立たしくてならなくなったのである。

吉村がどこに泊まっているかを訊かなかったとは、間抜けな話ではないか。それより来たときに、「今夜は泊まっていけるんでしょう」となぜひと言が掛けられなかったのか。

吉村が園瀬に帰ってからも、正造は六畳と四畳半の長屋から、狭い部屋に移らなくてもよかった。あるいは絵を修行しているので、自由に描く場が必要だからと、考慮してくれたのかもしれない。だから吉村を泊めることはできたのである。

「なにぼんやりしてやがる」

繰り返し間抜けな自分を罵った。

吉村の口調からは、どうやら藩の仕事で江戸に来たらしかった。とすれば中屋敷か下屋敷の長屋に寝泊まりすることになるはずだが、あのようすでは中屋敷ではないだろう。

吉村は雪駄履きで荷物は園煎餅の包みだけだったので、江戸に着いてまっすぐ正造の所に来た訳ではない。下屋敷に旅装を解いてから来たのでもなさそうだ。

金に困らない吉村は、手続きや何人もの人に挨拶しなければならないのが煩(わずら)わしくて、旅籠(はたご)に泊まっているのかもしれなかった。もしかしたら、新吉原の馴染みの女の所に流連(いつづけ)しているということはないだろうか。さらに言えば、江戸に親しくしている女がいることも考えられた。

そう言えば二人で長屋にいたころ、行き先を告げずに出掛けることがあった。酒や白粉(おしろい)の匂いをさせて帰ることも稀(まれ)ではなかったのだ。吉村が園瀬に帰ったのは十八歳だったから、惚れあった女が江戸にいたとしてもなんのふしぎもない。

そのうちに会えるのだから、訊き出せばいいだろうと正造は考えていた。

また寄せてもらうと言ったのに、吉村が来たのは七日も経ってからであった。それも夜の五ツすぎに通り掛かりに寄ったらしく、出入り口の板敷に坐って座敷にあがろうとしない。

「なにかとあわただしくてな。正坊、明日の昼はいっしょに飯を喰おうと思うんだが、空いてるか」

「浜町に行く日ではないので大丈夫です」

「ほんじゃ昼まえに来るから」

そのまま行こうとするので、正造はあわてて呼び止めた。

「吉村さんはどちらにお泊まりですか。下屋敷ではないようですが、旅籠でしたら教えていただけませんか、なんかあったときには」

だが吉村は、にやにや笑うだけで答えようとしなかった。やはり女の所のようだ。

「言わぬが花ですね」

「あと四、五年もすりゃ、正坊にもわかるようになるだろうよ」

ニヤリと笑って吉村は帰って行った。

翌日、吉村が連れて行ってくれたのは、園瀬藩中屋敷からはさほど遠くない、御蔵前片町(おくらまえかたまち)の尾張(おわり)屋であった。日光(にっこう)街道を浅草御門から五、六町北上した西側にある、江戸前御蒲焼の暖簾(のれん)が掛かった見世であった。

「園瀬の蒲焼とはまるでちがうからな、江戸前ってのは」

吉村はそう言ったが、九歳で江戸に来た正造は園瀬の蒲焼を食べたことがなかった。しかし恥ずかしくて、言いそびれてしまったのである。

座敷に坐るなり吉村は酒を頼んだ。正造の驚いた顔を見て、蒲焼はできるまでにかなりの間があるので、酒でつなぐのだと吉村は言った。

「だってお仕事が」

「終わった。明日江戸を発つから、正坊と飯を喰おうってんじゃないか。おっと、見送りはいいぜ。早発ちだからな」

正造はやはり、女の存在を感じずにはいられなかった。それとなく水を向け、ほのめかしてみたが、吉村は惚(とぼ)けてはぐらかす。話す気があればもっと早く打ち明けていただろうから、その気はないのだと諦めるしかなかった。

燗酒(かんざけ)が運ばれてきた。盃が二つ添えられていて、吉村が目顔でどうすると聞いたので、正造も目顔でやめときますと答えた。

吉村は園瀬の退屈さと江戸の楽しさおもしろさを、あれこれと例をあげながらひたすら喋り続けた。江戸に来たいばかりに、なにかそれらしい口実を作ったのではないかという気がしたほどだ。

そうこうしているうちに香ばしい匂いが漂い始め、ほどなく蒲焼が運ばれてきた。

なにしろ食べたことがないので、正造は吉村のするままをまねた。

「園瀬では腹を割くが、江戸では背を割くんだ。なぜだかわかるか」

訊いておきながら吉村はすぐに説明を続けたが、どうせ知っている訳がないと思ったのかもしれない。

「江戸は、国中の武士が集まっている武士の町だからな、腹を切るのは縁起が悪いと嫌がる。ほんで背を割く」

吉村が瓢簞型のちいさな入れ物の栓を抜くと粉を振り掛けたが、匂いで山椒だとわかった。

「ちがいはそれだけじゃねえ。割いたらそのまま焼くだろう、園瀬では。骨は剝がす場合もあるが、向こうじゃ大抵骨付きのまま焼く。ところが江戸では骨を取り除き、蒸してから焼くのだ。だから脂が抜けて、どうにも味が頼りなくていけない」

「園瀬ふうの蒲焼を喰わせる見世は、江戸にはないのですか」

「園瀬というか京大坂ふうの蒲焼を喰わせる見世は、以前はあったらしいが今はないそうだ。野暮な勤番侍が、この見世では腹を割いた鰻を客に出すのか、無礼者め、とかなんとか文句を言ったにちげえねえ」

鰻の蘊蓄がすむと、吉村は西のほうの味とのちがいを語り始めたのである。

蒲焼は堪能できたが、吉村のお喋りにはいささか閉口した。

尾張屋を出ると吉村は、もっとあちこち連れて行ってやりたいが、挨拶しておかなければならないところが何箇所かあるから、と見世のまえで別れることになった。

「遠藤さんには、正造は江戸で元気にやってると言っとくよ。ほんじゃな」

吉村は振り返ることもなく、浅草橋のほうに足早に去った。女と別れを惜しむためだろうと、正造は確信したのである。

八

春画の模写を仕上げて渡したときに平吉右衛門は、「また頼むことがあるやもしれん」と言った。それほど期待をしていた訳ではなかったが、旬日もせぬうちに、平の使いの者が正造を呼びに来たのである。

指定された時刻に出向くと、いくらか照れたような笑いを浮かべながら留守居役は言った。

「実は先日の、そちに模写してもろうたのを知りあいに見せたところ、その男も随分と気に入ったようでな。頼んでもらえぬかと言われたのだ」

おなじ物だろうか、それともまったくちがう絵なのだろうか、などとぼんやり考えていると平が言った。

「世の中には、思いのほか好き者が多いようだな」

その筆頭が御留守居役さんではありませんか、と言いたいところだ。

「そういたしますと、そのお方のお屋敷に出向いて、このまえとおなじやり方で、模写すればよろしいのですね」

「それができぬので、そやつは困っておる。どうやら奥方がとんでもない」と平は左右の人差し指を額に立てた。「悋気の、と言ってもそちにはわからんかもしれんな。つまり焼餅焼きなのだ。とは言うものの、親しい友なのでなんとか力になってやりたい。ゆえによくよく考えた上で、わしの部屋を提供することにした。絵具や紙、その他一式もそろっておるので好都合だしな。このまえとおなじように、文箱の鍵を預けるので、浜町に行かずともよい日に、模写してはくれんかのう」

気持としては受けていたが、困惑しきった顔をして見せた。あるいはとの計算が働いたのだ。それにしても奥方が悋気だと、なぜ屋敷で春画を描けないと言うのかわからない。絵を見られたら、絵の女にすらひどく嫉妬するということだろうか。

平はかなり間を置いて言った。

「そやつと相談せねばならんが、先日の謝礼の倍出すと言えば受けるか」

「ですが模写でございますよ。そんなに出すお人がいるでしょうか」

「出さぬであろうな」とうなずいてから、平は考え深げな顔になった。「だが、万が一、出すと言えばどうだ」

「平さまにそこまでおっしゃられましては、断ることはできません」

この短い遣り取りの中で、正造は自分が平より、いや平の知りあいより上にいることがわかったのである。だから相手が受けるとの自信があった。

そして相手は受けた。

だが正造は強気には出なかった。重要な部分だけは譲らず、些細なことには目くじら立てない。そうしたほうがいいと直感したからである。

ところがそのころから、浜松町狩野家の仕事を手伝わされるようになった。正造の師匠である絵師がかれの腕を認めてくれたらしく、屏風絵などの一部を手伝うようになったのだ。と言っても、絵師は経験を積ませてやろうくらいの、ごく軽い気持であったのかもしれない。

槍霞と言って、棚引く雲や霞のような描写をする部分、また言われた箇所に指定された色を塗る、単純な作業ばかりであった。だから正造は、命じられた仕事をしながら、師匠や先輩たちの描き方を見て憶えるようにした。

描いて行く順番、色の重ね方とその効果、ぼかし方の実際などを見て憶えた。おなじぼかし方でも、薄く溶いた絵具を筆全体にたっぷりと含ませ、先端にのみおなじ色を濃いままで付け、筆を斜めにして横に滑らせ、一度で濃淡を付ける手法などを、である。

そして長屋にもどると、手控えになるべく詳しく記録するようにした。

園瀬藩の留守居役である古瀬作左衛門には、狩野家の仕事を手伝っていることを報告して、修行が順調に進んでいると夫妻に喜んでもらえた。また古瀬と親しい平にも、そのようなことは伝えるようにしていた。なぜなら頼まれた模写に遅れが出て、迷惑を掛ける場合があるからである。

やがて平からの依頼の間隔が、次第に短くなり始めた。いずれも模写で、一枚物や組物の春画、また読み物として綴(と)じられた好色本のこともあった。

卑猥な絵と文章を引き写すことで、正造は女の体を知るまえに、耳学問ならぬ目学問で多くのことを学んだ。特に好色本からは文章と絵の両面より強い刺激を受けた。閨房(けいぼう)で男女がどんな会話を交わすか、とか、女がどのようにして男を焦(じ)らすか、などをである。

虱の会には欠かさず出ていたし、狩野家で学ぶ者たちとも飲食をすることがあった。もっとも正造は、酒はなるべく飲まないようにしていたし、若年ということで無理強いされることもない。

酒を飲むと男はなぜか卑猥な話をしたがるが、狩野派の連中には当然として虱の会の会員にも、正造は模写に関しては黙っていた。そのような仕事を頼まれることはないかと訊かれると、「子供だから相手にしてくれませんよ」と答えるようにしていたのである。

古瀬や平のような江戸留守居役であれば、立場的なこともあって露見することはないが、虱の会の会員の場合には、万が一ということが考えられた。

「正造はそれだけ腕をあげたんだから、ひとつ模写ってやつをやってみないか」

会員の一人からそのような打診があったときも、次のような言い訳をした。

「だってまだ十三ですから」

「だそうだ」と、べつの会員が言った。「十五まで、せめて十四まで待ってやれよ」

「そのまえに、北国か南に連れてってやらんとな」

新吉原か品川(しながわ)で女を抱かせてからで、十分だろうと言うのだ。

「十三はまだ、じゃねえぜ。もう、だよ。おれは十三だったがな」
「年上の女中なんぞに、お坊ちゃま、ちょっと変わったままごと遊びをしませんか、などと蒲団に引き入れられたのだろう」
「奉公女を孕ませてえらい目に遭った兄貴分を見てるからな、そんな誘いには応じませんよ。大柄で二つか三つは上に見られたから、町内の若い衆に混じって堂々と青楼の客になったのさ」

　正造の件は話題から外れてしまった。しかし、のらりくらりと逃げられるのも、せいぜいあと一、二年だろう。

　ところが十三歳になってしばらくすると、模写をしているときとか、虱の会の会員が猥褻な話を始めたとき、体に変化が現れるようになったのである。刺激に反応する若者の体になったらしかった。

　平からの模写の依頼は、よく続くと思うくらい次々と頼まれた。そうこうしているうちに目が肥えたのだろう、春画や好色本の出来にかなりの幅と言うか、差があるのに気付いた。良い絵の良さが、悪い絵の悪さが、正造はわかるようになったのである。

　最初に平に頼まれた組物の春画は、名のある絵師の手になるとのことであったが、あとで思うと相当に質が高かったのがわかる。だからこそ、それを見た知人から依頼が来るようになったのだろう。

　平が知人に頼まれたという原作にはかなりなバラツキがあったが、良品を数見て来た正造は、出来の悪い原画をいつしか模写しながら修正するようになっていた。絵師として無意識のうちに、そうせずにいられなかったのかもしれない。

　ある日、不出来な原画と正造が修正を施しながら模写した二枚を見比べた平が、思わず唸り声を発した。

「これには倍額を出そう」

「本当ですか」

「それだけの値打ちがある。その代わり、ほかから頼まれても受けないでもらいたい。わしの頼みだけを聞いてくれるとありがたいのだが」

「浜町の仕事もしなければならなくなりましたので、ほかを受けたくても、そんな余裕はございませんよ」

「わかってはおるが、念を押さずにはおられなんだのだ」と、言ってから平はしばらく考えた。「ところでそちの知りあいの絵師に、腕の立つ者はおらぬか」

　口伝（くちづて）で次々と頼まれるらしいのだが、平からの依頼が途絶えないのが、正造にはふしぎでならなかった。

ところが腕の良い絵師はいないかと訊かれて、ちょっとした疑念が湧いた。平はもしかすると正造に払う額に上乗せして、売っているのではないかという気がしたのである。多量に模写させて売れば、当然だが実入りも多い。

人に頼まれたといいながら、実はすべて平が収集しているのではないかと思ったこともあった。ところがあるとき、以前模写した春画を再度頼まれたのだ。平が自分のために集めているのだとすれば、おなじ物を二度も模写させるようなむだをする訳がない。ほかの模写をやらせるだろう。

知りあいに売りつけて利鞘を稼いでいるとすれば、数が多いほど儲けはおおきくなる。だがそんなことが露見すれば、留守居役としての立場が危うくなるはずだ。その点、知人に頼まれた物を模写させているだけなら、両者が洩らさぬかぎり、他人に知られる恐れはない。

どれが真実だろう。好意で模写を取り次いでいるだけなのか、そう見せて自分のためにひたすら収集しているのか、売り捌いて懐を温めているのか。

どうにもすっきりしないが、今の正造には割のいい模写料は魅力で、事情はどうあれ手放す気にはなれなかった。

ところで吉村萬一郎は、短ければ二、三ヶ月に一度、長くとも半年に一度は、雑用と称して江戸に出て来ていた。正造にすれば、絵師がそれほど江戸に用があるのかと思わずにはいられない。それもまだ見習いの身なのである。

江戸と大坂は百三十五里二十八町（五三四キロメートル弱）あり、さらに園瀬藩の松島港と大坂のあいだは船旅となる。松島港と園瀬は七、八里はあるので、往復するだけでも相当な距離であった。

ところが吉村は嬉々として江戸に来て、憂鬱そうな顔をして園瀬に帰って行くのである。

江戸に来ると、吉村はかならず中屋敷の正造の長屋に顔を見せ、園瀬の退屈さと江戸のすばらしさを、極端と思えるほどの差を付けて語った。そして帰るまでに一度は食事に誘ってくれたが、正造が園瀬にもどればいっしょに仕事をすることになるので、義務的に奢ってくれているような気がしないでもない。

「遠藤さんに聞いたのだが、正坊は修行を終えて園瀬に帰るんだってな」

中屋敷の長屋に顔を出すなり吉村がそう言ったのは、正造が十四歳になって三月ほど経ってからであった。

「え、ええ」

曖昧に濁したが、実はまだ連絡は受けていなかったのである。だが吉村がそう言う以上は決まったのだろう。

「確か十四のはずだが、とするってえと毛は生えたかい」

「えッ、なんの話でしょう」

惚けたことはすぐにわかったはずだ。思わず顔が赤くなったからである。吉村はニヤリと笑った。

「カチンカチンに、まるで鉄の棒のようになって、眠れん夜もあるんじゃやねえのか」

実はあるのだ。虱の会の会員に教えられ、自分でなんとかする方法も最近憶えたばかりである。

だが、女は知らない。体に触れたこともない。それなのに、それがどんなものでどうかということは、膨大な知識として頭に入っている。

「よし、ほんじゃ予定を変えて、今日は正坊に付きあうとしよう。生涯にたった一度の筆おろしだからな」

正造の顔を見たら、その足で女の所に駆け付けるつもりだったのだろう。それを生涯に一度のことのために、涙を呑んで変更する気になったのだ。

「ですが、まだ明るいですよ」

　そう言ったのは、もしかすると多少は先延ばしできるかもしれないという思いと、好機を逸すれば永遠に縁がなくなることがあるかもしれないな、との火花のようなせめぎあいの末であった。だが、それは簡単に覆されたのである。

「昼遊びってのがある。門限まえにはもどれるぜ」

　好色本の中にそんな台詞があったのを思い出した。

「まだ明るいですよ」

「だから、どうだってんだ。犬なんざ真昼間からつるんでるでねえか。あれに昼も夜もあるもんけえ」

　そして吉村に北国に連れて行かれたのだが、正造は自分がこれまで模写してきた春画や好色本が、決して大袈裟でも、歪曲したものでもないことを、全身で感じさせられたのである。

「どうだったよ、正坊」

「正坊はよしてくださいよ」

「子供じゃないんだからってか。おめでとうよ、これで天下晴れての男だな」

　男になるのはこんなことなのか。これで本当に男になったのか。なれたのか。

ようやく門口に立ったということだろう。

ほどなく遠藤顕信から、修行を終えて六月上旬には園瀬にもどるようにとの書簡が届いた。正式に藩庁に届けてから、国許と江戸屋敷で十日ごとに行き来している飛脚便に乗せたのだろう。そのため吉村より遅れたのである。

正造はまず自藩の江戸留守居役古瀬作左衛門に伝え、浜町狩野家の師匠、続いて模写の依頼主である某藩の江戸留守居役である平吉右衛門に報せた。

「そうか。いよいよ帰国の運びとなったか。まことにめでたい」

「つきましては、取り掛かっております模写は、当然ですが仕上げます。あとはどの分まで仕上げられるかのご相談を、せねばなりません」

「であるな。ところで以前言ったこともあるが、そちほどの腕の者がおれば引き継いでもらいたいのだ。帰国までのあいだに、考えておいてくれぬか」

「はい。できるかぎり。ただし万が一のことがありましたら、御留守居役さまに迷惑が掛かりますので、よほど慎重になりませんと」

「よしなに」

帰国まではなにかとあわただしかった。浜町のほうは現在進めている仕事を終えれば、以後は外されるのだが、それでもひと月近くは、飛び飛びにではあるが束縛されることになる。

平に頼まれた模写も、可能なかぎり進め、少しでも多く模写賃を得ねばならなかった。なぜなら帰国すれば厳しい現実が待っているのがわかっていたからである。

正造は母親の小夜を組屋敷に残して来たが、無足は家禄がなく働いた場合に扶持米が出るだけであった。それでは母が生きていけないので、江戸で絵の修行をしているあいだだけは名目上、書役見習いとしてくれていたのである。そのため辛うじて生活できるだけの金は出ていた。

ところが園瀬に帰れば無足の絵師、それも見習いになる。遠藤顕信が仕事を作ってくれるとは思うが、手当てが出るまではなんとしても凌がねばならなかった。

吉原で抱いた女が忘れられず、からだがうずいて眠れぬ夜が続いた。

連れて行かれたとき、「そいつは初めてだから可愛がっておくれ」と吉村が言った。ところが床に入ると、女が体を震わせ、しかもそれが止まない。どうしたのだろうと心配になったが、くつくつと笑い続け、笑いを止められないらしい。

「どうした。なにがそんなにおかしいのだ」

「だって初めてなんでしょ」

ようやくのことそれだけ言うと、さらに体を震わせて笑う。運悪く変な女に当たったのか、それともからかわれているのか、訳がわからない。

ようやく女が落ち着いてきたので、笑った理由を聞くことができた。

遊郭で遊ぶのは初めてだと言うと、女が自分の馴染み客にしようと、商売を離れて尽くしてくれることが多い。だから何度もその手を使う客がいるらしく、正造もそれにちがいないと思ったようだ。

ところが始めてみてほどなく、正真正銘の初めてだと気付いたらしい。それで女は俄然（がぜん）やる気を起こし、初々（ういうい）しく恥じらうまだ少年と言っていい正造を、知る限りの技を駆使して絞り尽くしたのであった。

吸い付くような肌や喘（あえ）ぐ声がよみがえり、とてもじっとしていられない。しかし行くに行けないのだ。

平の居室での模写は、以前は七ツで切りあげていたが二刻（四時間）後の五ツくらいまで励むことが多くなっていた。そのためくたくたに疲れて、吉原に行こうとの気力も体力もなくなってしまう。

では泊まることができればいいのだが、無断外泊は厳罰で場合によってはお家断絶になる。届けを出せば外泊できるが、その場合は外泊先を明記しなければならないし、なにかあってそこにいないことがわかれば、やはりおなじような処分を受けるのであった。

浜町狩野家の手伝いから放免されても、平の居室での模写が待っていた。帰国が近くなったある日、平が相談を持ち掛けてきた。

模写ではなく正造自作の春画、好色本であれば大歓迎する。期限は切らない。江戸に来るとき持参すれば、相当な高値で買ってもいいとのことであった。つまりなんらかの事情で原本を渡す訳にはいかないので、できそうな方法を提案したということだ。

吉村が「いつかお絵描きするために」と言っていたのは、このことだったのである。模写でなく自分の作として春画を描き、好色本を書くため、せっせと新吉原に通っていると言いたかったのだろう。

園瀬にもどればどんな仕事が待っているか見当も付かないし、そのような暇があるかどうかも不明だが、極力ご期待に副えるようにしますとだけ答えておいた。

いよいよ江戸を発つ日が近付いたので、浜町狩野家に挨拶に行くと、師匠をはじめ先輩や門下生から思い掛けないほどの餞別を渡された。

虱の会はもともと親睦のための飲み会だが、会員は絵描きばかりなので、ここでもかなりの餞別をもらった。

古瀬と平の二人の江戸留守居役は、正造のために料理屋で一席設けてくれたし、やはり餞別を渡された。

古瀬は園瀬に帰る藩士と同道する手配をしてくれたが、正造にとってその気配りはとてもありがたかった。なぜなら溜めていた模写料と餞別で、思いもしない大金となっていたからだ。

ほぼ五年、足かけ六年に及ぶ江戸での修行は終わったのである。

九

自分の顔を見てこれほど喜んでくれる人がいるのだと感動するくらい、母の小夜は満面で、そして全身で気持を表してくれた。だがそれが、長い長い孤独極まりない日々がもたらした結果だと気付いて、正造は母に対して申し訳なさでいっぱいになった。

正造が絵師の道を選んでほどなく、夫の伝四郎を亡くした小夜は、冠木門のある屋敷から、二本の柱を立てただけの組屋敷に移らねばならなかったのである。代々の書役という家柄を捨てて、正造が無足の絵師を選ぶと、伝四郎の元同僚たちは森家と没交渉となった。それだけではない、伝四郎の血縁ばかりか小夜の一族からも、絶縁に近い扱いを受けたのである。

引っ越した組屋敷に知人はいないし、せいぜいが同情され、憐れまれるくらいで、これは小夜にとって無視されるよりも辛かっただろう。

「母上、わたしは藩お抱えの絵師になりますが、絶対にそれだけで終わるつもりはありません。園瀬に森正造あり、と言われるほどの絵師になってみせますから」

小夜は口許を震わせるだけで言葉にならず、ただ繰り返しうなずくばかりであった。まだ三十代半ばだというのに、目尻の皺が深くなり、艶やかだった頰や額は張りがなく、わずか五年で十歳ほども老けたように見えた。

「これから登城して、遠藤さんと吉村さんに帰国の挨拶をしてきます。積もる話はそのあとでゆっくりしましょう」

「お二人とも、今日は組屋敷にいらっしゃいましたよ。そろそろ正造がもどるころだからとおっしゃってたから、都合を付けてくれたのかもしれませんね」

「ではちょっと挨拶してきます」

正造は荷物を解いて、二人への土産の雷おこしを取り出した。

「母上にはこれを」

そう言うと正造は組屋敷を飛び出した。母への土産など初めてなので、照れ臭かったからである。

遠藤の屋敷を訪れると吉村が来ていたが、母の言っていたように、そろそろ正造が帰るだろうと待っていたようであった。絵師はほかの役とちがって、かなり時間に融通が付けられるらしい。

「ただいまもどりました」

「おお、長々とご苦労であった。吉村から随分成長したと聞いておったが、それにしても見ちがえるほど立派になったな」

「江戸に行くに際してはお心遣いをいただき、また留守中は母がすっかりお世話になりまして、本当にありがとうございました」と言うと、雷おこしの包みをそれぞれ二人に向けて押し出した。「形ばかりの江戸土産ですが、みなさまでお召しあがりください」

「これは畏れ入った。ちゃんとした挨拶ができるとは」

「わたしの申したとおりでしょう。水道の水で顔を洗うだけで、人は変わります。それが江戸の効用というものです」

　ここぞとばかり口を挟んだ吉村に、遠藤が皮肉っぽく言った。

「おなじ水道の水で顔を洗っても、おまえのようにかぶれずにすんでよかった」

「それはないでしょう」

「正造、やってもらう仕事に関しては明日話すが、そのまえにわしといっしょに仕置補佐役さまに帰国の挨拶に行く。あの方は四ツ（十時）登城なので、ここを五ツ（八時）すぎに出るぞ」

「わかりました」

　絵師は医師や鷹匠（たかじょう）、奥坊主などとともに、仕置補佐役の支配下にあった。

「立派になられて母上もお喜びだろう。積もる話もあろうゆえ帰ってよいぞ。明日こまごまと説明し、明後日は休息に当て、その翌日から仕事をしてもらう」

　遠藤は旅の疲れもあるだろう正造に、必要なことのみを簡潔に述べた。

　組屋敷にもどると、母は膝まえに正造の土産を並べてじっと見入っていた。その顔をあげて言った。

「本当に上手になりましたね。母はずっと見惚（みと）れておりました」

「もっと気の利いた江戸土産をと思いましたが、なにがよいかわかりませんでしたので」

「これが一番、母にはなによりのお土産ですよ」

模写の謝礼がかなりになったので、正造は反物（たんもの）とか簪（かんざし）などを土産にしたかったのだが、母の好みなどまるでわからなかった。しかし一人息子の江戸土産となると、気に入ればいいが、たとえ気に入らなくても母は身に着け続けるだろう。そんな思いはさせたくなかった。

留守居役の古瀬の奥方に相談しようかとも思ったが、相手は上級武士でこちらは無足。却（かえ）って困らせるにちがいないと思ったし、気を遣って贈り物をされては申し訳ない。

虱の会の会員に相談しても、「年上の女に惚れたか。隅に置けねえな」などとからかわれるのが関の山だ。

そこで、田舎の人も名前くらいは知っていそうな江戸の名所を描くことにしたのだった。

次の五枚である。

お江戸日本橋
上野不忍池と弁天堂
両国橋と背後の富士山
湯島天神社
金龍山浅草寺総門と大提灯

正造は念のために、一枚一枚について説明を加えた。母はいちいち「そうかい」とか「まあ、そうだったの」と、うれしそうに相鎚を打って聞いていた。

その夜は久し振りに母の手料理に舌鼓を打ち、かなり遅くまで語りあった。母は終始笑みを絶やさなかったのである。

正造は浜町狩野家での粉本による徹底した稽古や、師匠が屏風絵の一部を任せてくれた（安心させるためそう言ってしまった）こと、さらには園瀬藩江戸留守居役古瀬作左衛門の絵姿を、絹布に描いたことなどを話した。留守居役の肖像画には母も驚いたようであった。まさかそんなことまでやらせてもらえたとは、思ってもいなかったのだろう。

乏しい金を遣り繰りしながら心細い思いをしていたであろう母に、その心配がいらぬことを伝えて安心させたかったが、さすがにそれはできなかった。春画や好色本の模写をしたことを母が知れば哀しむだろうし、それを明かさずに金のあることを打ち明ければ、悪事に手を染めたのではないかと、却って心配させると思ったからである。

翌日、遠藤とともに仕置補佐役に帰国の挨拶をした正造は、組屋敷にもどって仕事の話を聞いた。

仕事は古瀬からの命令で、絵師は正造を指名してくれていたのだ。描く絵は大名家への贈答品である肉筆画で、題材は既に触れたように園瀬の盆踊りである。

枚数はとりあえず十五枚で、増える可能性が高いとのことだ。古瀬からの注文は、なるべく似た絵にしないこと。おなじ場所や人物であっても、構図や色使いで変化を付けるように、という点である。大名家は意外と交流があり、良い物は自慢しあうことが多いからだとのことだ。

「これは手当てとはべつで、絵具や紙などの費用だ」

そう言って遠藤は紙の包みを膝まえに置き、もう一つの包みをその横に並べた。

「手当は本来、仕事を終えたあとで支給されるが、それでは日々の暮らしが成り立たないだろうから、一部を先渡ししておく」

正造が割りの良い小遣い稼ぎをしたことを知らぬ遠藤は、帰国すれば無足となるためたちまち窮（きゅう）すると見越し、仕置補佐役に掛けあってくれたらしい。

「盆踊りはすでに随所で稽古が始まっておるので、本番が始まるまえに見ておいたほうがいいだろう。踊り手が次にどのような動きをするかとの、予測に役立つはずだ。それから踊りは目まぐるしく変化するそうだが、指令の合図は鉦（かね）が出すらしいから、その辺りも知っておいたほうが本番で役に立つ」

「しかし武士には、見物すら許されていないはずですが」

「原則はそうなっておるが、絵師は例外だ。ただし当日の帯刀はゆるされない」

園瀬藩の初代藩主九頭目至隆（よしたか）は、暴れ川として知られた花房川の流路を変え、大堤防を築いて広大な水田地帯を抱きかかえるようにした。その結果、園瀬三万六千石、その実五万石とも六万石とも言われるようになったのである。

五年の歳月を掛けて工事が完成すると、至隆は各町村単位で領民に餅と酒を配った。そして盆の十三日から十五日まで、宵日の十二日を含めた四日間、大濠（おおほり）の内側にさえ入らなければ自由に踊り狂うことを許した。
ただし武士に対しては、踊ることはもちろん見物さえ禁じたのである。無礼講に驚喜した領民は四日間、ひたすら踊り狂った。その狂乱振りが人気を呼び、京大坂だけでなく遠くは江戸からも見物人が来るようになっていた。江戸留守居役の古瀬作左衛門は、その踊りを森正造に描かせ、藩主九頭目隆頼(たかより)の名で親しい大名家に贈ろうというのである。

見物人が多ければ踊り手が燃えるのは当然だろう。少しでも楽しんでもらおうと工夫を凝(こ)らし、さまざまな技を採り入れるようになる。笛、大太鼓、締太鼓、三味線(しゃみせん)、鉦など鳴り物との連携が、ますます複雑になった。

そのため次第に稽古期間が長くなり、最近では盆の三月(みつき)もまえから、寺社の境内(けいだい)やおおきな辻、豪農の庭などで稽古をするようになっていた。それを見せてもらうといい、と遠藤は言うのだ。

六月上旬に帰国せよとの遠藤の命令は、正造に園瀬の盆踊りを描かせるための深慮だったのだろう。

正造は地域の有力者を紹介してもらい、話を付けて、土地の人が「おさらい」と呼ぶ稽古を見せてもらった。

「おさらい」は陽が落ちてからになるので、正造は昼間、岩倉道場に出向いた。以前描いた軍鶏の絵が、今見ると稚拙で見ていられないので、源太夫に断って描き直すことにしたのだ。

何枚もの下絵を描いた正造は、翌日から軍鶏の絵の仕上げに掛かったが、夕刻になると「おさらい」を見学した。

そのようにして、園瀬藩の見習い絵師としての森正造の仕事は始まったのである。

十

「おさらい」をたっぷりと見物した正造は、助言した遠藤が考えていたであろう以上の収穫を得ていた。

踊りはおなじ仕事、町内、趣味などの仲間が集まって組となり、それを連と呼んだ。連には名前を付け、揃（そろ）いの浴衣、鉢巻、幟（のぼり）や団扇（うちわ）などを作って踊ったが、そうすると見栄えが良く、踊りを盛り立てることになる。

もちろん揃いの衣裳で踊るのは本番で、「おさらい」のあいだは、踊り手や鳴り物の奏者は好き勝手な恰好でやって来た。

盆にはひと月半近く間のあるころから稽古を見始めて、それが正造には却ってよかったのである。なぜなら見始めたときには動きも鈍く、しかもほとんど揃っていなかったからだ。

日が経つに連れて腕の振り、足の運び、腰の捻りなどが徐々に速くなり、踊り仲間の動きが揃って行く。ゆっくりから早く、不揃いから一糸乱れぬ動きへとの変化を順に見たために、正造には基本的な動きとその流れが実によくわかった。

ぶっつけ本番で下絵を描けば、表面的な部分だけしかわからず、踊りをきれいに見せる細かな配慮や工夫はわからなかったかもしれない。動きを追うことに気持が行って、表情の微妙な移り変わり、一瞬だけ過る恍惚とした陶酔などを見逃していたことだろう。

実際に贈り物用の絵を仕上げるとき、いわゆる「おさらい」から本番に至る過程で得た、それらの些細な積み重ねがどれほど役立ったかわからない。

江戸留守居役の古瀬作左衛門から話のあった園瀬の盆踊りの絵は、大名家から大名家への贈り物である性格上、超の付く一級品でなければならなかった。そのため絵を仕上げるまでは、正造はそれに掛かり切りでよかったのである。

吉村萬一郎は見習いとは雑用と同義語だという意味のことを言ったが、ありがたいことに遠藤はその間、正造に一切の雑用をさせようとはしなかった。

実際に絵を描くようになればそうもいかないだろうが、「おさらい」を見物すればいいだけの一ヶ月あまりは、時間を取られるのは夜の一刻（約二時間）か一刻半（約三時間）だけであった。

そのため昼間というか、一日のほとんどは自由に使えるのだ。

時間に余裕のあるうちに、平に頼まれた仕事、つまり春画や好色本を手掛けようと正造は考えた。絵を仕上げる段階になれば手が付けられないだろうし、その後もどんな仕事をやらされるかは聞いていない。時間の取れるときにやるしかないのである。

正造は思い切って取り掛かることに決めたが、最大の問題は母であった。まだ十四歳の息子がそんなことに手を染めていると知ったら、その嘆きはいかばかりだろう。

どんなことがあっても、知られる訳にはいかない。その思いのために、なかなか踏ん切りがつかなかった。

古瀬から贈答用絵画の制作話があったと遠藤に言われたとき、正造は画材を揃えるため絵具などを商っている見世を探した。ところが需要が少ないからだろうが、園瀬の里にはなかったのである。

ようやく筆、墨、硯、紙の文具四宝を扱う見世が、片手間にやっているのを見付けた。ところが色数が少なく、取り寄せになるという。色番号で指定するらしいのだが、微妙な色は実際に見なければ不安であった。

正造は遠藤に相談して、二人で大坂まで買い出しに行くことにした。京都のほうがいい絵具が揃っているらしい。ところが大坂なら一泊二日ですむが、京都だと少なくとも三泊せねばならなかった。二人で三泊四日は、伺いを立てたが藩庁の許可がおりなかったのである。

園瀬の松島港から大坂に向かい、中之島の園瀬藩蔵屋敷で一泊する。翌朝、絵具などの画材を求め、その日の船に乗れば一泊二日で用が足りた。

京都の場合は、蔵屋敷に一泊して早朝に八軒家から上りの三十石船に乗ると、夕方に伏見に着ける。そのまま京都まで行って一泊し、翌日、画材を求めて夜の伏見からの下り船に乗ると、早朝に大坂に着く。つまり船中で一泊となる訳だ。その日の船で松島港に着けば、遅くなってもその夜には園瀬の城下に帰れる。船中泊を入れて三泊四日で、船の風待ちがあればもう一泊しなければならない。

そのため大坂で求め、在庫がない分は京都の画材店から取り寄せ、後日、送ってもらうことにしたのである。

大坂からもどった正造は買い求めた絵具や絵皿、筆、紙などを整理してから、自分の居室兼仕事部屋に母を呼んだ。

「江戸留守居役の古瀬さまからお話がありまして、わたしは園瀬の盆踊りを描くように言われました」

「名誉なことではありませんか」

「十五枚以上になるそうですが、仕上がりますと、御前さまのお名前で親しくされている大名家へ贈り物とするそうです」

母は驚きのあまり口に手を当てたが、今度は言葉にならなかったようだ。息子がそこまで認められていることがわかり、誇らしく感じたからだろう。

「それで遠藤さまと大坂に絵具を求めに行きまして、それを整理して並べてあります。色が微妙にちがっていますので、順番など置き場所が変われば、仕事の上で困ることが起きかねません。それで母上にお願いがありますが、申し訳ないですけど仕事部屋に入らないでいただきたいのです」

「もちろん、そうしますよ。おまえがそう言うのでしたら」

了解はしてくれたが、どことなく寂しそうで正造は胸に痛みを覚えざるを得なかった。しかし、なんとしても守ってもらわねばならないのである。

「気を悪くなさらないでくださいね」

「する訳ないではありませんか」

「狭い部屋なので、掃除はわたしがやりますから。それから取り寄せの絵具が届くと思いますが、そのままにしておいてくださいませんか」

「それにしても御留守居役さまは、若い、それも見習いのおまえに、よくも頼んでくださったものだね」

「わたしの描いた絵をとても気に入ってくださいまして、それで知命になられたのを記念に絵姿を、と思われたそうです」

「岩倉道場の先生は、正造にとっては大恩人ですね。おまえに絵の才能があることを最初に認めてくださったのだから」

「はい。大恩人だと感謝しております。ですが最初に気付いてくださったのは母上ですから、母上こそ一番の恩人です」

茶目っ気たっぷりに両手をあわせて拝むと、母は噴き出した。

「厭(いや)ですよ。両手をあわせたりして。わたしはお地蔵さまではありませんからね」

「はい。お地蔵さまではなくて、神さま仏さまです」

正造にとっては仕事がなにより大切だと思っていたからだろう。母は願いを聞き入れ、決して部屋には入らなかった。

それでも万が一という不安があって、母には悪いと思いながらも、外出するときには一寸（約三センチメートル）ほどの糸屑（いとくず）をよく舐（な）めて、柱と襖に貼り渡しておいた。唾液に粘りがあるので、乾いても落ちることがないと聞いたことがあったからである。

襖を開けたら糸屑が落ちる、という仕掛けであった。外出からもどって確かめると、糸屑が剝（は）がれ落ちていたことは一度としてなかった。

母を試さなければならぬとは、息子としてはなんとも申し訳ない話だが、こればかりは絶対に知られてはならない。

ところで問題は春画にするか好色本にするかだが、これがなかなか決められなかった。当然かもしれない。多くの模写を手掛けたと言っても、実際の体験はたったの一度しかないのである。いくら想像力を働かせても限度があった。

平にすれば、正造にならできるのではないだろうかと思って、声を掛けてくれたのである。見ただけで、これまでに模写した作品を想起されるようでは失格で、次の仕事をもらえないかもしれない。

こういうときに相談に乗ってくれるような友や先輩がいればいいのだが、残念ながら正造にはいない。九歳で園瀬を出たので、藩校「千秋館」で親しくなる間もなかった。父に言われて入門した岩倉道場も、わずか数ヶ月で終えている。

父方と母方の親類に年齢の近い従兄弟はいなくはなかったが、無足の絵師を選んだために縁を切られてしまった。ある程度、そのような話ができるのは虱の会の会員だろうが、江戸という遠隔の地に居るのである。

となると、なんとしても自力に頼るしかない。さて、どうすべきか。なんとかできるだろうか。そう思いはしても空廻り（からまわ）りするばかりであった。

園瀬の里にも黙認ではあるが、遊郭があることは正造も知っている。思い切って行ってみようか、と思わぬこともなかった。

模写で得た謝礼と、江戸を出るときにもらった餞別がかなりの額になる。楽しむだけでなく、それを春画や好色本に活かせれば、何倍にもなって回収できるのだ。

しかし園瀬は江戸に較べると、ぐんと狭いのでいつどこで知りあいに見られるかしれない。なにかの拍子に、母に知られるようなことがあれば、どれほど哀しませることか。

平吉右衛門にはやってくれないかと打診されたが、やると言ったわけではない。やってくれるなら、これまでの何倍も出しますよと言われただけだ。

今は焦ったりむりをしたりせずに、機が熟すのを待つべきではないのか。などと悶々としているうちに、園瀬の盆踊りが始まったのである。

正造は連夜、さまざまな踊りを下絵に描いた。もちろん見物するのは初めてなので、なにからなにまで驚かされどおしであった。

登場するだけで拍手が湧きあがる人気者も居たが、毎年の踊りですっかり知られているのだろう。最初は男踊りの強烈な個性と踊りの巧みさに目を奪われたが、組になって踊る娘たちの艶やかさにも惹かれずにいられない。

宵日から初日、二日目と見続けているうちに、正造は踊り手や鳴り物の奏者たちだけでなく、見物人にも目が行くようになった。すると次第に絵の構図が脳裡に浮かびあがるのだ。

火花を撒き散らしながら燃え盛る篝火を、横長にした画面の左に配し、右手には炎の照りを顔面に受けながら陶酔して踊る男。中央部の奥を占める老若男女の、踊りに見惚れる多くの顔。

まず篝火に目が行き、対比的に配された男の火照った顔に視線が流れる。だが明るく輝く炎と踊る男の奥手、薄暗い中にそれを見詰める多くの目があるのだ。その無数の目を感じてもらえる、つまり篝火と踊る男、そしてそれを凝視する目、その三者に対等な比重があり、その均衡で絵が成立していることを、わかってくれる人もいるのではないだろうか。ふと、そう思う。

いや絵師として、それがわかってくれる人のために描けたらどれほどすばらしいだろう、と思わずにいられない。

日没から九ツ（午前零時）ころまで踊りを見続けていると、正造の頭の中では無数にあった図柄から、次第に構図が絞られ、鮮やかさを増していくのであった。

　さすがに朝は起きるのが遅くなる。

　正造は常に画帳を横に置き、思い付くとそれを描き入れる。

　真夏である。南国園瀬の夏は特に暑い。

　障子は開け放って風を通すようにしている。まだ母に見られて困る絵には取り掛かっていないので、居室兼仕事場も襖や障子は開けたままだ。だが整理はしてあっても、筆、絵具、絵皿、紙などが溢れて雑然としている。そのため大抵は、風通しのいい居間か板の間で過ごした。

　息子の頭の中が絵に関する思いで溢れているのを知っているので、母は話し掛けることなく静かに見守ってくれていた。でありながら咽喉が渇いたと思うと、茶を淹れてそっと置いてくれるし、両手を組んで後頭部を乗せて大の字になって寝ていると、静かに団扇で風を送ってくれた。

　そして、最終日となった。

　常夜燈の辻を中心とした園瀬の里は、踊り手と鳴り物の奏者、見物人の「明日ない、明日ない」の声で沸き返った。今、楽しむだけ楽しんでおかないと、この興奮、この悦びは一年待たなければ味わえないとの思いが、自然と口を衝いて出てしまうのだ。

　組屋敷に帰ったのは八ツ半（午前三時）をすぎていただろうが、母は寝ずに待っていてくれた。

「どうでした」

「頭の中が絵ではちきれそうです」

「お腹が空いたでしょ。お素麺をお食べなさいな」

茹でて水を切っていたのを再度水に通し、つけ汁とともにすぐに供された。薬味はおろし金で摺(す)りおろした酢橘(すだち)の果皮で、ほろ苦さが素麵の味を引き立てる。

母の味が堪能できたのであった。

翌日から、正造は脇目も振らずに絵に取り組んだ。一枚を仕上げるのに早くて五、六日で、十日ぐらい掛かることが多かった。

予定の十五枚を描き終えたのは、十一月になってである。正造は遠藤顕信と、顕燦(けんさん)と名を改めていた吉村萬一郎に見てもらった。

「よし、この出来なら御留守居役にも満足していただけるはずだ」

遠藤の言葉に吉村もおおきくうなずいた。

「これだけ凄いのを見せられると、兜(かぶと)を脱ぐしかないな」

なにか言いたそうだが言えば皮肉になるからだろう、遠藤は静かに笑うだけであった。

七歳も年下のまだ少年と言っていい正造が、江戸留守居役から大名家に贈る絵を任されたと知れば嫉妬し、嫌がらせの一つもしたくなって当然かもしれない。ところが海上方の三男坊は、そのような素振りを見せもしないので正造は救われた。あるいは自己の才能の限界にとっくに気付いていたのと、育ちの良さからくるおおらかさのせいかもしれなかった。

通行手形の用意などの準備を始めようとしたところで、母の小夜が体調を崩してしまった。古瀬にはいつごろ江戸に行くとの連絡はしていなかったので、正造は年が明けてから園瀬を発つことにした。

十一

「園瀬は人形浄瑠璃が盛んだが、木偶（でく）と呼ばれる人形の頭（かしら）になかなか味があるそうでな」

正造が持参した絵を念入りに検分した古瀬作左衛門は、しばらく目を閉じて考えているふうであったが、やがてそう言った。ということは、盆踊りの絵にはおおいに満足したことを意味していた。なぜなら、次に正造に描かせる絵に思いを馳（は）せていたからである。

江戸留守居役が博識であることは知っていたが、園瀬では人形浄瑠璃が盛んでその人形を木偶と呼ぶことなど、正造は知らなかったのだ。

作左衛門は幼少時から頭脳の明晰（めいせき）さで知られ、江戸詰めである古瀬家に請（こ）われて少年時代に養子となったとのことであった。以来、園瀬に帰るのは冠婚葬祭くらいのはずである。でありながら古瀬がなぜ木偶のことまで知っているのか、正造には謎でしかなかった。

それはともかく大名家との折衝役である古瀬から、新たに仕事を依頼されたのである。

ついで正造は、五町ほど離れた大名屋敷に江戸留守居役の平吉右衛門を訪れた。

「おお、元気なようだな。なによりだ。何歳に相成った」

「明けて十五歳になりました」

「半年振りにしては見ちがえるほどしっかりして、まるで別人のように大人びておる」

実は、と半ば弁解のように、古瀬から頼まれていた大名家への贈答品である絵を、十五枚届けたばかりであること。気に入ってもらえ、園瀬の人形浄瑠璃の名場面と、木偶の頭の絵を頼まれたことを伝えた。

「実はお話のありました絵は、ぜひともやらせていただきたいのですが、そのような事情ですので暫しの猶予をいただきたく」

「止むを得んな。元の絵より見事なそちの模写を見てからというもの、わしも知りあいもだが、並の絵では飽き足りなくなったのだ。ともかく、出来のいい絵を待っておるからな。ちょっと待て」

すぐにもどった平は、正造の手に紙包みを握らせた。怪訝な顔をすると、江戸留守居役はなんでもないというふうに笑った。

「案ずるでない。前金なんぞではないぞ。小遣いだ。半年ぶりの江戸であろうから、少しは楽しんでゆけ」

正造もそのつもりであった。

園瀬藩中屋敷の長屋にもどってたしかめると、一両が包まれていた。

旅程は余裕を持って組んでいたので、正造はさらに三日のあいだ中屋敷に滞在し、新吉原には二回足を運んだ。滞在中に虱の会が開かれる予定はなかったため、何人かの会員と会って談笑したが、十五歳になったということで少しは酒も飲んだ。

帰路、江戸を出てからも何度か、飯盛女（めしもりおんな）とか宿場女郎と呼ばれる女を買った。正造はあるとき夢中になって女の体に溺（おぼ）れながらも、冷静にそれを見るもう一人の自分がいることに気付いた。

以後は常にその目を意識せずにいられなかったが、あるいは絵師としての自分が、現実の自分を冷徹な目で見ているのかもしれなかった。

園瀬にもどると丁度農閑期ということもあって、各地で人形浄瑠璃が催されていた。農閑期なりの作業があるらしく、それに村の行事なども絡むのだろうが、昼間のこともあれば、夜間に灯(とも)りを灯(とも)しておこなわれることもあった。

予定はわかっているため日帰りで、あるいは泊まりこみで出掛けて下絵を描いたし、酒徳利を手土産に人形の彫師を訪れもした。

それとはべつに、組物の春画や好色本を秘かに描き進めたのである。かなりの数の模写をしてきたが、絵はしっかりと頭に焼き付けられていた。それらのいい場面を組みあわせるような方法を採ったのだ。

もちろんそのまま使うのではない。武家の妻女を商家の女房に変えるとか、優男を頬に刀傷のある浪人にするなど、人物や年齢などを大幅に変えて描いた。しかし冷静に見れば、それがどの絵をもとにしているかがわかるかもしれなかった。

取り敢(あ)えずとのこともあって、正造は春画の組物と好色本をそれぞれ一組用意した。

五月中旬に園瀬を出た正造は藩の江戸中屋敷に古瀬を訪れて、人形浄瑠璃の名場面と木偶の頭を組みあわせた十五枚の絵を納めた。

「ますます腕をあげたようであるな」

絵を褒めたあとで古瀬は、江戸家老が正造の手になる肖像画を所望したと言う。思い掛けない言葉に驚いたが、古瀬によるとこういうことであった。

中屋敷に来た江戸家老が古瀬の屋敷に予告なくやって来たが、そのときたまま文机の上に丸めておいた軸に気付いた。正造が描いた古瀬の肖像画である。

それを見た江戸家老は絵師がだれであるかを尋ね、藩の抱え絵師であると知ると、江戸に来ることがあれば自分も絵姿を描かせたいと言ったとのことだ。絵具、筆、絹布など必要な品を購入する資金を手渡された。領収書をもらって精算するようにとのことである。

「園瀬へはかくかくの事情でもどりが十日か半月ほど遅れると、わしから報せておこう」

あわただしいことになった。

その夜、平を訪れて絵を届けるとおおいに喜ばれたが、これまでの絵との類似などは一切指摘されなかった。それどころか平はまるで涎を垂らさんばかりに、絵に見入っているのである。絵の善し悪しなどわからず、卑猥で煽情的な絵であれば満足なのだとわかり、正造は拍子抜けしてしまった。

しかし約束どおり、春画も好色本もそれぞれ模写のときの五倍の礼金を受け取ったのである。そしてこの水準であれば、いつでもおなじ額で引き取ると次作の依頼をされたのだ。

用件はそれだけではない。平の居室で模写をしたおりに預けておいた絵具などを、江戸家老の絵姿を描くために引きあげる必要があった。

翌朝、古瀬に挨拶すると、今年も園瀬の盆踊りの絵と、それが終われば人形浄瑠璃の名場面及び木偶の頭を描くように言われた。

絵具や絵皿などの荷物を手に中屋敷を出た正造は、室町の画材店で必要な絵具や新しい面相筆などを購入した。途上昼食をすませ、愛宕下の上屋敷に入ったのは昼過ぎである。

短期滞在藩士用の長屋に入り、江戸家老の用務の合間を見て飛び飛びに下絵を描いた。それをもとに五日かけて絹布に肖像画を仕上げたが、個人的な仕事ということで家老から過大ともいえる謝礼をもらったのである。

その後は基本的に年に二度、江戸に出て藩の仕事としての絵を古瀬に納め、平に春画や好色本を買ってもらうという、絵師としての表と裏の街道を歩むようになったのだ。

園瀬に帰ってしばらく経ったある日、正造は呉服町にある太物商の隠居の訪問を受けた。

「まだお若いのに、江戸で学ばれただけあって、大変な腕前だと伺いましたので」

そのように切り出したのだが、なかなか本題に触れようとしなかった。それもあって、正造は相手の目的が予想できた。散々廻り道をした挙句に、このようなものを描いてもらえまいかと見せたのは春画であった。

当然だが正造は受けなかった。

それなら切り札をとの意気込みで、隠居は金額を持ち出した。田舎絵師なら飛び付くとでも思ったらしいが、平吉右衛門が最初に出した額の一割ほどでしかなかった。隠居は正造の顔色を窺(うかが)いながら徐々に引きあげたが、平のときの五割でも受けないとなると、さすがに諦めたようであった。

藩の仕事が一年先まで決まってそれに追われていることと、経験の乏しい自分のような若輩(じゃくはい)でなく、もっと年輩の絵師に頼まれたほうがいいと、丁重(ていちょう)に断ったのである。信用できる人物かどうかわからないし、うっかり露見するようなことになれば、園瀬に居られなくなる可能性があったからだ。

「それでは仕事にカタが付くとか、仕事の谷間などで描いていただけるようでしたら、いつでも声を掛けてください」

そう言って太物商の見世の名と自分の名を繰り返して、帰って行ったのである。見世の名は山崎屋（やまざきや）で、隠居の名は安兵衛（やすべえ）であった。まず描くことはないだろうが、名前だけは記憶に留めたのである。


正造が十七歳の秋の終わりから冬の初めに掛けて、次第に母の元気がなくなり、ぼんやりしていることが多くなった。いろいろと訊いてもどこも悪くないし、それよりも仕事に励みなさいと取りあわない。

園瀬の盆踊りの絵が仕上げに入っていたので、正造は気にしながらもひたすら絵に打ちこんだ。ところがある日、母は遂に起きあがれなくなったのである。

医者を呼んで診てもらってもはっきりしないが、執拗（しつよう）に訊き質（ただ）したところ、自分の手には負えないが、順庵先生ならわかるかも知れないと洩らした。しかし藩主家や老職、格のある旧家しか診ないということは、正造も聞いたことがある。

組屋敷の者など、とてもではないが診てくれるはずがない。

だれか身分の高い人の紹介でもあれば、診てくれないことはないかもしれなかった。たった一人だけ思い当たる人物が、江戸留守居役の古瀬である。と言っても絵姿を描いただけの縁で、相談に乗ってくれるとは思えない。しかしときおり胸か胃の腑の辺りに手を当て、脂汗を浮かべている母を見ると、どれだけ可能性がなかろうと願わないではいられなかった。

正造は意を決し一筆認めた。

まず冒頭に、絵姿を描かせてもらったことにさり気なく触れ、過分な謝礼をいただいたことへの感謝を述べた。続いて母の具合がすぐれぬので医者に診てもらったところ、順庵先生にならおわかりかもしれないと言われたこと、しかし絵師の母親などを診てくれるとは思えない。

ただし有力な方の紹介状があれば診てくれるかもしれないとの、微かな望みがある。自分には頼れる人は御留守居役さましかいないので、あつかましくはあるがなんとかご高配いただけないかと書いて、江戸藩邸への飛脚便に乗せた。

九分九厘だめだろうと思っていたのに、霜月になって古瀬からの紹介状を同封した書簡が届いた。紹介状を納めた封筒は閉じられていなかったので、つい読んでしまったが、途中から手が震えてならなかった。

　森正造は若年ながら非常に優秀な藩士で、将来必ずや藩のためにおおきな仕事をしてくれるはずである。その母が患い、医師に診てもらったところ順庵どのならわかるだろうとのことであった。本来なら到底診てはいただけないだろうが、なんとかご配慮いただけないであろうか、との内容であった。

　それを見せて説得したものの、母はそこまでしてもらわなくても、気持だけで十分にありがたいと言い募った。おそらく多額な診察費用を考えてのことなので、正造としては申し訳なさで胸がいっぱいになった。

　年が明けて新年の挨拶をした正造は、なんとしても説得せねばとの思いで母に言った。

「母上、わたしは十八歳になりましたが、遠藤さんのお話ではこの春には見習いが取れて、正式の絵師にしてくださるそうです」

「それはおめでとう。母も安心です」

「ですから母上にも健やかでいていただきたい。せっかく御留守居役さまが、紹介状を書いてくださったのですから」

「しばらく臥していたら、ほどなくよくなりますよ」

「こんなことは申したくありませんが、お金のことなら心配していただかなくてもよろしいのです。留守居役さまと江戸の御家老の絵姿を描いたおりに思い掛けないほど多額の謝礼と、江戸を出るときには餞別をいただいています。また修行を終えて江戸を出るときには、浜町狩野家の師匠や修行仲間からもいただきました。あ、それから吉村さんに紹介された、絵師の親睦会である虱の会の皆さんからも」

虱の会がいかにして生まれ、虱をなぜ「能なし」と呼ぶかを話すと、母は珍しく噴き出し、あわてて口許を押さえた。

ようやくのことで母は説得に応じたが、医者の門を潜った正造は絶望に打ちのめされた。受付の若い弟子に較べても、自分たちの着物はみすぼらしかったのである。

しかし古瀬の紹介状のせいだろうが、順庵はほとんど無表情ではあったが診てくれた。胃の腑が侵されていること、薬で治せないことはないかもしれないが、舶載（はくさい）の薬ゆえ相当な金が掛かると言った。とても払える訳がないから諦めろ、との最後通牒のつもりだったのだろう。

「処方してください。どこまで続けられるかわかりませんが、できるかぎり続けます」

順庵はいささか呆れたようではあったが、静かにうなずいた。

「御留守居役の紹介でもあり、貴君の母思いの気持に心を打たれた。最初の薬礼は特別に二両でよいが、以後は三両になる。それでよければ」

「お願いいたします」

正造は三両を紙に包んで差し出した。一両は診察料のつもりであった。

「先ほども申したが、舶載品ゆえ支払いができねばそれまでと心得願いたい」

正造としては模写料、絵姿の謝礼、そして餞別を切り崩すしかない。今母を喪えば、自分にはなにもないのだ。

となると期待できる収入源は平ということになるので、正造はかなりむりをして、今まで以上に春画と好色本に力を注いだのである。

十二

遠藤が言っていたように、正造は春には正式に絵師になり、名を顕凛と改めた。要町のちいさな料理屋で、遠藤が一席設けてくれたが、ほかに出席したのは吉村だけである。

　母は三月に一度順庵に診てもらうことになっていたが、二度目に母を連れて行って診察を終えたあとで、順庵が思い掛けないことを言った。

「その若さで、大名家への贈り物の絵を描いておるそうだの」

「なぜ、先生がそのようなことをご存じなのでしょう」

　正造にすればそれほどの驚きはなかったのだが、事情はこうであるらしい。

　紹介状を書いてくれたお蔭で順庵先生に母を診てもらうことができたと、正造が古瀬に礼状を送ったのである。ところが古瀬は、むりを聞いていただき衷心より感謝していると順庵に礼状を書き、その中で正造がいかに有能であるかの例として贈り物の絵に触れたとのことだ。

「どのような絵を描いておるのか、一度見せてもらえぬか」

　ほどなく古瀬に届ける人形浄瑠璃の名場面と木偶の頭の絵を、仕上げているところであった。母を組屋敷に連れ帰った正造は、そのうちの良く描けた三枚を選んで順庵の屋敷に引き返した。

　感心した順庵から絵姿を頼まれた正造は、これまでとおなじ段取りで進め、半月後に肖像画を届けてことのほか気に入ってもらえたのである。福々しく、実物より温厚に、しかも目に知的な輝きを滲ませたのがよかったのだろう。

「いかほどになるか」

正造は問われた意味がわからぬ振りをした。

「画料である」

「いただく訳にまいりません」

「そうはいかぬであろう。そのほうは絵師ではないか」

「とても診ていただけないと思っておりましたのに、温情でもって母を診ていただきました。ですので、わたしからのお礼としてどうかお納めください」

「頑固な男であるな。どうしても受け取れぬか」

「こればかりは」

順庵は苦笑した。

「それではわしの立場がない。であればこうしよう。以後は薬礼だけでよいぞ」

診察料は不要だと言っているのである。

「ですが、それではお礼としてのわたしの気持が」

「そのほうが頑固なら、わしも頑固だ」

正造は困惑を隠せぬ振りをしたが、どれほど助かったかしれない。診察料を払わないでいいなら薬礼だけとなる。

三月に一度ずつ診てもらって一回三両、年に四回で十二両であれば、これまで蓄えた手持ちで払えて、しばらくはなんとかなりそうであった。

今にすれば肖像画や餞別がいかにありがたかったことか。あとは平のために描く絵を増やせばよい。前回のようすでは、持って行きさえすれば買ってくれるだろう。

六月になり、江戸中屋敷に出向いて古瀬に絵を納めた正造は、信じられぬ話を聞かされた。平吉右衛門が亡くなっていたのだ。

そんなばかな、との言葉をなんとか呑みこんだ。今回、好色本は今までどおりだが、組物の春画を一組余分に描いていた。少なくとも半年分、二回の薬礼はそれで賄えるはずであった。それが獲らぬ狸の皮、となってしまったのだ。

虱の会の会員が買ってくれる可能性はない。むしろ自分が描いて、小遣い稼ぎをしたいと願っている連中がほとんどだろう。

傷心のうちに園瀬に帰った正造を待っていたのは、恒例の盆踊りであった。正造の描いた踊りの絵は多くの大名家で待たれていて、毎年ちがう絵柄で一枚一枚増えていくのが楽しみだとの声が多いらしい。絶えず構図や描く踊り手を変えねばならぬのは楽でないが、藩の絵師としては江戸留守居役の考えに従わねばならなかった。

あるいは江戸家老や古瀬、医者の順庵のように絵姿を頼んでくれる人物が現れるかもしれないが、当てにできるものではない。

母は良くなったようには見えないが、悪くもないようであった。薬を服用するようになって小康状態を保っているということは、薬が効いていると考えるしかないのである。

十九歳が半分すぎた時点で、正造は改めて手持ちを計算し直してみた。無足の森家に家禄はなく、仕事に対して扶持米が与えられるだけであった。遠藤が次々と仕事を廻してくれるので、吉村よりは多くもらっているかもしれないが、それでも高が知れている。

親戚が少ない上にほとんど絶縁状態で、母も正造もほとんど付きあいがないため掛かる費用はごくわずかだ。最初から支出を減らす努力は続けていたが、母の薬礼が掛かるようになってからは、さらに倹約（けんやく）に努めるようにしていた。とは言っても、残せるのは雀（すずめ）の涙ほどでしかない。

改めて計算して愕然となった。十九歳半ばからだと残り半年以上はもつが、一年はむりかもしれないとわかったからだ。つまり二十歳の半ばまでは持ちそうになかった。

正造は平吉右衛門に渡す予定であった組物の春画と好色本を持って、呉服町の太物商山崎屋に隠居の安兵衛を訪ねた。正造が持った風呂敷包みを一瞥して、安兵衛には訪問の目的がわかったようである。

「以前に話をいただいた例の物であるが、なんとか時間を捻出して描いてみた。あのおり言っておった値でよければ、譲ってもよいのだが」

「さようでございますか。まずは拝見いたしましょう」

正造は組物の春画を安兵衛に渡した。

「おお、さすがに見事でございますな」

一枚一枚をまるで舐めるように見ていたが、安兵衛は目を閉じ、しばらく考えてから目を開けた。そして告げたのは安兵衛が最初に言った額、つまり平吉左衛門が出した額のほぼ一割である。

正造は絵を奪うようにして集めると、包み直して席を立った。侮辱に対する怒りで、どす黒い顔をしていたにちがいない。

「お待ちください」

無視して行こうとすると、安兵衛が着物の裾を摑んだ。

「田舎ではもっと低うございます。藩のお絵師で腕がよろしいとのことで、その点を考慮し、あれだけの値を」

「前回は見習いであったのでいくらか遠慮しておったが、今では正式の藩お抱えの絵師である」

「そうでございましたか。それはおめでとうございます」

「江戸では安くとも、その十倍で売れるとのことだ」

「当然でございましょうね」

「ゆえになかった話としてもらいたい」

「江戸まで往復となりますと、路銀だけでも相当な費用となります」

「江戸に出るおりもある。それまで待つとしよう、のんびりとな」

「お気の短い」

のんびりと言ったのに、なにが気の短いだと、いささか腹立たしかった。

「あのおりは今申した額の五倍を提示したではないか。ならいいかと思うて描いたのに、その値では話にならん。手を放してくれんか。帰れぬではないか」

「あのときはてまえもついカッとなって吊りあげましたが、最初の提示額の五倍で受けていただけなかったので、あとで胸を撫でおろしたのでございますよ」

「だからもうよい。なかった話だと思ってくれ」

「てまえは人さまに喜んでいただきたいとの思いだけで、取り次ぎをしております」

「どういうことだ」

「自分がほしくてお願いしたと、お考えでしたか。てまえは古稀でございますよ。残念ながら、どれほど情を煽る絵であろうと、硬くなることはあっても、すぐ萎んでしまいます。役に立たない絵を、高い金を払って買う意味がないではありませんか」

安兵衛を見ると、隠居は皺が寄って張りのない顔で何度もうなずいた。

「お世話になった方にお礼のつもりとか、喜んでいただこうとか、実際のお役に立ててもらおうとか」と、安兵衛はひと呼吸置いて言った。「森さまはお若いですから今はおわかりでないでしょう。ですが、いつかわかっていただける日が来ると思いますがね」

正造は安兵衛に言い包められた振りをして、結局は売ることにしたのである。春画だけでなくいっしょに持参した好色本を、五倍には届かなかったが、安兵衛が最初に言った額の三倍で手を打った。

なぜなら頼まれている人は多いらしいので、そのあともある程度は売れると考えたからだ。平吉右衛門が亡くなった今となっては、数を描いて凌がねばならないのである。

江戸には今後も年に二回は行くことになりそうなので、場合によっては割のいい話がないともかぎらない。そう思うしかなかったのだ。

そのようにして正造は安兵衛に春画や好色本を売ることになったが、そのうちの一組が物頭右城勘左衛門の手に渡ったのである。堅物の源太夫が春画を見せられてどんな顔をするかと、右城が悪戯心を起こしさえしなかったら、源太夫はかつての弟子がそのような絵を描いていることなど一生知らずにいたはずであった。


「ある人物が、四角四面で融通の利かぬわしをからこうつもりで、笑い絵とやらを見せたのだ。そのおり、絵師は二十歳になるやならずだが、さすがに江戸で修行しただけのことはあると申した。それでもしや、と思うたのだよ。そういえば道場に顔を見せなくなっていたので、気になって人に聞き母上の病気を知った」

「そうでしたか」

「山崎屋の安兵衛は絵を売るために、二十歳の若さと江戸で学んだことを強調しておる。正造だとわかる者は多いはずだ。それについては心得ておいたほうがよかろう」

「呆れられたのではないですか、先生」と、正造はいくらかはにかんだような顔でそう言った。「先生のお弟子には品行方正な方が多いですが、わたしは狡くて計算高く、とんでもない出来損ないだと思っております」

「いくらか驚かされはしたが、ひどいとは思わぬな。最初は若いこともあってつい誘惑に負けたのであろうが、母上が病気になられてからは常に精一杯のことをしてきたと思うておる」

「先生はお優しい」

「正造が自分をとんでもない出来損ないだと思うておるなら、それほどさっぱりした顔をしていられる訳がない」

そのとき、時の鐘が九ツを告げ終わった。

「おお、すっかり邪魔してしもうたな」

「いえ、わたしこそ長々と話を聞いていただき、本当にありがとうございました。提灯をお出しいたします」

「いや、かまわぬ。星月夜なら、普通に歩ける修行を積んでおるゆえ」

「あ、始まりました」

「城山の裏手を縄張りにしておる狼だな」

「ご存じでしたか」

「正願寺の恵海和尚と碁を打った帰りに、よく聞いたものだ」

「なぜだかわかりませんが、鐘の音が完全に消え去るのを待ってから、遠吠えを始めるのです」

「そうか。ここは正願寺に近いものな」

「はい。城下の外れですから」

十三

「本日は皆さま、お忙しいところお集まりいただきまして、本当にありがとうございました。心よりお礼申しあげます」と、顕凜こと森正造は深々と頭をさげた。「野辺の送りをすませましたら、わたしはなるべく早く園瀬を発って江戸に向かいます。いろいろとお世話になりまして、ありがとうございました。なんのお礼もできぬことだけが心残りです」

岩倉源太夫が思わず遠藤顕信を見ると、相手はうなずいた。

「なんとか引き留めようとしたのだが、意志が固いのがわかったのでな、となれば気持よく送り出してやりたい」

源太夫が正造を訪れて、思いもしない長い打ち明け話を聞いたその五日後に、母の小夜が亡くなった。

翌日が通夜で、そして今日、あわただしく葬儀が執りおこなわれた。それなのに数日後には、長くとも十日の内に、森正造は園瀬を発って江戸に向かうと言うのである。

わしが正造の背中を押したのだ。おそらくまちがいない、と源太夫は思った。

母親の病気を知った源太夫が予告なしで訪れたとき、「ご存じだろうと思いますが、ご存じかそうでないかに関係なく、正直にお話しいたします」と正造は言った。そしてまさかと思うようなことを、赤裸々に打ち明けたのである。

母の死が近いことを覚った正造は、最愛の母を喪えば江戸に出て、絵師を目指そうと思っていたのではないだろうか。ところが平吉右衛門が亡くなった今となっては、頼れるのは「虱の会」の会員くらいであった。しかしそうすれば、正造の動きは吉村に筒抜けになってしまう。

それでもやっていけるだろうかとの思いもあって、迷いに迷っていたはずだ。

雌伏する方法も考えられないではない。これからも年に二度くらいは江戸に出る機会があるとすれば、「虱の会」の会員を通じてさまざまな絵や新しい描法も学べる。目標を少し先、いやかなり先に置いて精進すれば機会もあるはずだ。

だから迷っていた。

そこへ源太夫の訪問である。母の病気を知ったからというだけではなさそうで、多分、山崎屋の安兵衛に渡した絵をなんらかの事情で見たにちがいない。絵の所有者が話したのかもしれないが、もしそうでないとしても、正造の描いた絵だとわかったはずだ。

いい品を手に入れると、人は同好の士に自慢したくなるらしいということは、これまでにも経験している。とすればいずれ正造が春画を描いていることは発覚し、当然だが森家は取り潰しになるだろう。

源太夫の顔を見て迷いが吹っ切れたからこそ、正造はなにもかも打ち明ける気になったのだ。

「未練は」と正造に言い掛けて、源太夫は苦笑した。「あれば園瀬を出る訳がないな」

困惑気味に笑うと、正造はすぐ真顔にもどった。

「これがわたしの園瀬です」と言って正造は、組屋敷の内部とそこにいる人を見廻した。「これですべてなのですよ、みなさま」

遠藤顕信と吉村顕燦、池田盤睛、そして岩倉源太夫。森正造の母小夜の葬礼に参列したのは、先に帰った二人を除くとそれだけであった。

正造が書役という家柄を捨てて、無足の絵師になったため父伝四郎の血縁は一人も姿を見せなかった。母小夜の家系からは、小夜の姉と弟が参列したが、お辞儀をしただけでひと言も話さず、読経が終わると焼香をしてそそくさと帰ったのだ。

顕信と顕燦は藩お抱え絵師の上役と同僚、盤睛は藩校「千秋館」の教授方で、源太夫は岩倉道場のあるじである。九歳で絵の修行のため江戸に出た正造は、親しき友を作ることもできなかったのだ。

集まったのは絵、学問、剣の師匠だけと言っていい。

最も大切な人である母を喪っては、もはや園瀬には正造を繋ぎ止めるものはない。
にひとつないのだろう。園瀬に魅力がなければ、当然だが未練などあるはずがな
「江戸には夢がある」
不意に言葉が口を衝いて、驚いたのは言った源太夫自身であった。母を喪って
哀しみに沈み切っている正造を、このまま江戸に送り出してはならないとの思
いが、言葉になってしまったのだ。
「江戸に行けば人は変われる。変わることができるのだ」
「その唐突さは、剣の技のひとつのようであるな」と瞼がさがっているので、
いつも寝足りないように見える池田盤晴が言った。「それとも深く考えることな
く口にしたか。熟慮の末に結論を先に言ってしもうたのか」
「さすが藩校の教授方だけあって鋭い。ともに中りであるな」
「相反することを言うておるのに、ともに中りだなどという道理があるものか。
剣の達人はこれだから困る。われら凡俗にもわかるように言ってもらわんとな」
「江戸に出るまえのわしは、剣のことしか考えず、むだなことは一切やらなん
だ。必要がないと思えば、五日でも十日でも喋らなかった。御蔵番ゆえそれでも
通じたのだよ。今のわしからは信じられぬだろうが、当時は岩と呼ばれ、壁と陰

口を叩かれた。ところが江戸で軍鶏に出あったことですべてが変わり、自分で言うのも烏滸がましいが、剣とはこういうものであったかと悟ることができたのだ」

「たしかに江戸はごった煮のような町で、なんでもあります」と言ったのは、顕燦こと吉村萬一郎であった。「良い物も悪い物も」

「悪い物が圧倒的に多いがな」

顕信が透かさず言うと顕燦が切り返した。

「悪い物にまみれないと、良い物はわかりません」

「顕燦はいささか、まみれすぎたのではないか。それより、おまえこそ江戸に行きたいのであろう」

「軍鶏で思い出したのだが」と、源太夫は絵師たちから話を引きもどした。「わしが最初に見た正造の絵は軍鶏だったのだ。背後から見られておるとも知らずに、一心不乱に描いておった。あれが正造の原点だと、わしは思うておる」

「原点、ですか。わたしの、原点」

「そうだ原点だ。江戸に行く以上は、原点に立ち戻ってもらいたい」

「そうであった。思い出した」と、盤睛が遠くを見るような目で言った。「九歳の弟子がこの絵を描いたと、新八郎（しんぱちろう）がえらく興奮しおってな。たしかにすばらしい絵であった」と、古い話になると盤晴は当時の名で呼んでしまう。「すぐに遠藤どのに見せるように言ったのだ」

「あれには魂消（たまげ）ましたな。みどもは岩倉どのが描かれたのだと早とちりして」

と、顕信が言った。「それが、弟子で九歳だと言う。信じられなんだ」

先ほどから正造は、黙って葬儀客たちの遣り取りを聞いている。軍鶏を描いた日のことを思い出していたのかもしれない。そしてその後の、春画や好色本を描いた自分と対比させていたのではないだろうか。

「正造よ」

「は、はい」

不意に呼び掛けられて、正造は腰を浮かせそうになった。

「おまえがなぜ軍鶏を描きたいかと話したことを、母上がわしに教えてくれたのだ。わしはすっかり憶えている」

「わたしが母に話したことですか。一体なんと」

心なしか声が震えている。九歳の正造は軍鶏の美しさを讃（たた）えたあとで、母の小夜にこう言ったのである。

「わたしは描きたいのです。あれだけ美しいものを、ただ見ているだけではつまらない。わたしは美しさを紙の上に留めたいのです。そうすればいつまでも残りますし、自分が死んだあとになっても、知らない人が見て楽しんでくれるかもしれません。そう思うだけで、心がわくわくするのです」

母親が息子の語ったことを言葉通りに伝えたということは、それが息子のすなおな気持であり、その言葉にこそ真の息子の姿があると直感したからにちがいない。

「江戸に着いたら、正造よ、九歳の自分にもどれ。あのときの、無心に軍鶏を見た目に立ち返れ。わしは絵のことはわからんが、一度すべてを捨てて新たな目を持てば、いろいろな流派をはじめ、見る絵のすべてが新鮮に見えるであろう。自分の目を信じて、自分が美しいと、良いと、納得できると、そのように感じたもののだけを取り入れるのだ。それも貪欲になな」

「先生。ありがとうございます。わたしにとってはなによりの餞です」

「今語ったのはわしではない」

「なんですって」

「なんとしても正造に話したいことがあって、母上がわしの声を借りて訴えたのだ。でなければ無口なわしが、あのように饒舌になれる訳がないではないか」

無口という言葉にだろう、座はドッと沸いた。すっきりとした顔で笑う正造、その目に薄っすらと涙が浮いているのを、源太夫は見逃さなかった。

一刀流岩倉道場は、軍鶏道場の愛称で親しまれている。

道場の神棚の下には道場訓が掲げられていて、稽古着に着替えた弟子たちは、稽古のまえにそれを唱和する。

その横には分厚い胸をした軍鶏が、太く逞しい脚で大地を踏まえてすっくと立つ姿が並べられている。その鋭い目は、見る者の心の奥を見据えているかのようだ。

ところが脱藩し町絵師に成りさがった者の絵を、正面に掲げるのはいかがなものか。藩の道場であるからには、取り外すべきではないのかとほのめかす者がいた。

当然だが源太夫は耳を貸さない。

短い期間ではあるが弟子であった男だ。しかもすべてを擲ち、自己の可能性を信じて裸一貫で、新たな生を選び取ったのである。

その男だからこそ描けた軍鶏の絵なのだ。

源太夫は弟子たち全員に、軍鶏の絵に向きあうことで自分と向きあい、新しい一日を迎えてほしいと願って止まない。

一〇〇字書評

切・り・取・り・線

購買動機（新聞、雑誌名を記入するか、あるいは○をつけてください）	
□（　　　　　　　　　　）の広告を見て	
□（　　　　　　　　　　）の書評を見て	
□ 知人のすすめで	□ タイトルに惹かれて
□ カバーが良かったから	□ 内容が面白そうだから
□ 好きな作家だから	□ 好きな分野の本だから

・最近、最も感銘を受けた作品名をお書き下さい

・あなたのお好きな作家名をお書き下さい

・その他、ご要望がありましたらお書き下さい

住所	〒				
氏名		職業		年齢	
Eメール	※携帯には配信できません	新刊情報等のメール配信を 希望する・しない			

この本の感想を、編集部までお寄せいただけたらありがたく存じます。今後の企画の参考にさせていただきます。Eメールでも結構です。

いただいた「一〇〇字書評」は、新聞・雑誌等に紹介させていただくことがあります。その場合はお礼として特製図書カードを差し上げます。

前ページの原稿用紙に書評をお書きの上、切り取り、左記までお送り下さい。宛先の住所は不要です。

なお、ご記入いただいたお名前、ご住所等は、書評紹介の事前了解、謝礼のお届けのためだけに利用し、そのほかの目的のために利用することはありません。

〒一〇一・八七〇一
祥伝社文庫編集長　坂口芳和
電話　〇三（三二六五）二〇八〇

祥伝社ホームページの「ブックレビュー」からも、書き込めます。
http://www.shodensha.co.jp/bookreview/

祥伝社文庫

師弟（してい） 新（しん）・軍鶏侍（しゃもざむらい）

平成30年7月20日　初版第1刷発行

著　者　野口　卓（のぐち たく）

発行者　辻　浩明

発行所　祥伝社（しょうでんしゃ）

東京都千代田区神田神保町3-3
〒101-8701
電話　03（3265）2081（販売部）
電話　03（3265）2080（編集部）
電話　03（3265）3622（業務部）
http://www.shodensha.co.jp/

印刷所　萩原印刷
製本所　積信堂
カバーフォーマットデザイン　中原達治

 ISBN978-4-396-34442-9 C0193